Media Arabic

لغة وسائل الإعلام العربية

Media
Arabic

لغة وسائل الإعلام العربية

A COURSEBOOK
FOR READING
ARABIC NEWS

Alaa Elgibali
Nevenka Korica

The American University in Cairo Press
Cairo   New York

Copyright © 2007 by
The American University in Cairo Press
113 Sharia Kasr el Aini, Cairo, Egypt
420 Fifth Avenue, New York, NY 10018
www.aucpress.com

Dar el Kutub No. 3297/07
ISBN 978 977 416 108 7

Dar el Kutub Cataloging-in-Publication Data

Elgibali, Alaa
    Media Arabic: A Coursebook for Reading Arabic News / Alaa Elgibali,
    Nevenka Korica. — Cairo: The American University in Cairo Press, 2007
        p.   cm.
        ISBN 977 416 108 4
        1. Media   I. Korica, Nevenka (jt. auth.)   II. Title
        070.0962

    3 4 5 6 7 8 9 10   12 11 10 09

Designed by Fatiha Bouzidi/AUC Press Design Center
Printed in Egypt

Contents
المحتويات

Acknowledgments

الشكر والعرفان

We would like to thank the staff of the American University in Cairo Press who have contributed their skills to producing this book. Thanks are due in particular to project editor Abdalla Hassan for his enthusiasm, support, and patience. We would also like to thank copyeditor Aleya Serour, proofreader Reham Zein El-Abdeen, and graphic designer Fatiha Bouzidi for their work in producing *Media Arabic*. Our special thanks to Joshua Stacher, *Al-Ahram Weekly*, Abdalla Hassan, the Cairo and Alexandria Stock Exchanges, and Elijah Zarwan for giving us permission to use their photographs. We are grateful to our students for giving us inspiration, comments, and suggestions that were invaluable in creating this book.

Introduction
المقدمة

Media Arabic introduces the language of print and Internet news media to students of Arabic seeking to reach the advanced level. It makes it possible for these students to master core vocabulary and structures typical of front-page news stories, recognize various modes of coverage, distinguish fact from opinion, detect bias, and critically read news in Arabic.

Media Arabic enables students to read extended texts with greater accuracy at the advanced level by focusing on meaning, language form, and markers of cohesive discourse. The activities include pre-reading discussions as well as extensive practice on vocabulary in context, organizing information, skimming, critical reading, and analytically evaluating content.

Media Arabic is organized into six chapters covering six dominant news themes: meetings and conferences, demonstrations, elections, conflicts and terrorism, trials, and business and finance. While the units do not have to be taught in the order they appear in the book, the present arrangement provides useful and calculated gradation of language features and reading tasks. Vocabulary, language structures, and the difficulty of reading passages are graded within each chapter and across the book as a whole.

Media Arabic includes three self-assessment units, where students review material learned in previous chapters.

Media Arabic has a thematic glossary designed to enable users to think of words that revolve around the same topic and typically reoccur whenever a particular issue is discussed. The glossary also encourages learners to think of words as part of wider semantic groupings.

Media Arabic is a unique and timely tool for students of Arabic who need to access first-hand news information from the Arab world. The book is specifically designed to provide users with the necessary language and information tools to fully comprehend news headlines and current events.

Writing and speaking are activities designed to promote reading skills in this book. Some of the exercises are to be done by students working independently, others by students working in pairs or small groups, still others by the teacher and the whole class. Students discuss the topic in pre-reading stage, and after reading the text, they compare answers in pairs or small groups. Working in groups is an important teaching tool of *Media Arabic*, and opportunities for student interaction and speaking activities abound. The textbook can also be used by learners working on their own without detracting from the benefit of the exercises.

The format
Each unit is organized into sections focusing on the following reading tasks:

1. Pre-reading
Pre-reading is a crucial step in the reading process. The aim is to have students think about the topic, predict the content of the news they will be reading, and recall prior knowledge about the theme, which will help them assimilate the new information they encounter in the unit.

2. Reading for main ideas
Students are directed to focus on the parts of texts containing the main ideas, and differentiate between main ideas and supporting details. Key

vocabulary related to the theme is found in bold type and accompanied by the English translation. Students are asked to demonstrate their understanding of the text by answering reading comprehension questions.

3. Understanding text organization

This section contains several tips to help students discover the way information is organized in articles typical of each theme. The aim is to raise awareness of how sentences are joined to make paragraphs, how paragraphs are organized, and how this organization is indicated in the article.

4. Reading for detail

Exercises in this section are devised to teach learners to read actively, reflect on the content, discover connections, and compare and contrast between articles on the same topic. Learners are encouraged to think about how the information they read relates to their own views and experiences. Thinking about personal connections to a topic can help them absorb the new information about the topic and aid in learning new vocabulary.

5. Vocabulary building

This section provides extensive vocabulary practice focusing on strategies for effectively learning new words.

6. Skimming

The tasks in this section encourage students to read for a general sense rather than for the meaning of every word in the passage. Skimming in Arabic is often a challenging activity since there are no capital letters and often few punctuation marks. For effective skimming learners need to apply what they learned from the text organization, as well as their knowledge of key vocabulary.

7. Critical reading

This section teaches students to read critically and evaluate sources. They are given two or three articles related to the same topic published in newspapers or Internet news sites. Students compare the language used, and reflect on the similarities and differences they find.

Commentary boxes

Commentary boxes explain the aim of exercises and how they can contribute to improved reading skills. They serve as helpful reminders or offer suggestions on how skills can be practiced.

Order of Units

The units do not have to be taught in the order they appear in the book. The existing order is based on the relative frequency of chosen topics in front-page news items. Current developments, preferences, and interests of each particular group of students will guide the teacher to the order of topics best suited for each class.

Activity Instructions
التعليمات

First: Pre-reading | أولا: التمهيد للقراءة

• فكروا في مضمون الصورة وخمنوا مضمون الخبر المصاحب لها، ثم دونوا أفكاركم تحت الصورة وناقشوها مع زملائكم في الصف.

• Think about the content of the picture and guess the theme of the news item published with it. Write your ideas down and then discuss them with your classmates.

Second: Reading for Main Ideas | ثانيا: القراءة لفهم الأفكار الرئيسية

• دونوا المعلومات المطلوبة بعد قراءة الخبر التالي لها.

• Write down the required information after reading the following news.

Third: Understanding Text Organization | ثالثا: فهم تنظيم النص

• لاحظوا طريقة العرض والتنظيم للمعلومات في النص واقرأوا الإرشادات.

• Notice how the information is presented and organized in the aricle and read the accompanying tips.

Fourth: Detailed Reading | رابعا: القراءة المتعمقة

• اقرأوا الأخبار التالية أولا لفهم الفكرة الرئيسية وعبروا عنها في عنوان تضعونه لكل خبر ثم دونوا البيانات المطلوبة في المربع التالي لها.

• Read the following news story for the main ideas and express them in the title you write for each item. Then write down the information you are asked to extract in the box below.

خامسا: تنمية المفردات | Fifth: Vocabulary Building

• أكملوا التمارين الهادفة إلى بناء المفردات.

• Complete vocabulary building exercises.

سادسا: القراءة السريعة | Sixth: Skimming

• اقرأوا هذه الأخبار قراءة سريعة ثم ضعوا عنوانا لكل منها يعبر عن الفكرة الرئيسية فيها.

• Skim the following news stories then write a title for each one expressing the main idea contained in each item.

سابعا: القراءة الناقدة | Seventh: Critical Reading

• الخبران التاليان يتناولان نفس الحدث ولكنهما من مصدرين مختلفين. ضعوا عنوانا مناسبا لكل منهما ثم أجيبوا على الأسئلة أدناه.

• These two news items from two different sources present the same event. Give an appropriate title to each one of them, then answer the questions below.

١

Meetings and Conferences
أخبار اللقاءات والمؤتمرات

❶ التمهيد للقراءة

Brainstorming: Discussing ideas related to the topic before you read about it activates your background knowledge and can make texts easier to understand.

↰ فكروا في مضمون الصورة وخمنوا مضمون الخبر المصاحب لها، ثم دونوا أفكاركم تحت الصورة وناقشوها مع زملائكم في الصف.

AL-AHRAM ARCHIVES

meeting	لقاء، اجتماع
summit	قمة (ج) قمم
talks	محادثات، مباحثات
to participate	شارك
leader	زعيم (ج) زعماء
delegation	وفد (ج) وفود
party	طرف (ج) أطراف
to discuss	ناقش
to discuss	بحث، يبحث
issue	قضية (ج) قضايا
solution	حل (ج) حلول

....
....
....
....
....
....
....

Predicting: Predicting the content of a text is a helpful reading habit. Use the vocabulary in the box above to guess the content of the news you are going to read in the following sections.

❷ القراءة لفهم الأفكار الرئيسية

Reading for main ideas: The main information in a news article is usually presented in the title and opening sentence. They answer the five 'W's: where, what, who, when, and why. Ask yourself these questions as you read. Then read the rest of the article focusing on the words in bold. They are key terms related to the theme.

دونوا المعلومات المطلوبة بعد قراءة الخبر التالي لها:

١. الخبر الأول

نوع اللقاء ....

مكان اللقاء ....

المشاركون ....

الموضوع ....

قمة رباعية في شرم الشيخ

تستضيف مصر الثلاثاء القادم **قمة** رباعية لدفع عملية السلام في الشرق الأوسط. **ويشارك في** أعمال القمة التي **ستعقد** في مدينة شرم الشيخ الرئيس المصري، ورئيس الوزراء الإسرائيلي، والرئيس الفلسطيني، والعاهل الأردني. وأكدت المصادر أن كل **الأطراف** وافقت على **الدعوة التي وجهها** الرئيس المصري **لعقد القمة** في الأراضي المصرية. ومن المتوقع أن تستمر أعمال القمة لمدة يومين.

قمة (ج) قمم	summit
استضاف	to host
شارك في	to participate
عقد، يعقِد، عقد	to hold
طرف (ج) أطراف	party, side
وجّه الدعوة	to invite

٢. الخبر الثاني

نوع اللقاء ....

مكان اللقاء ....

المشاركون ....

الموضوع ....

قمة عربية مصغرة في القاهرة

ذكر مصدر رفيع المستوى في ديوان الرئاسة الفلسطينية أن **اتصالات مكثفة يجريها** العديد من الدول العربية من أجل **عقد قمة** عربية مصغرة في القاهرة **لبحث سبل حل** الأزمة الفلسطينية وتشكيل حكومة الوحدة الوطنية. **ويشارك في القمة** بالإضافة إلى مصر كل من السعودية والأردن وسوريا **ووفد** فلسطيني يضم رئيس الدولة ورئيس الوزراء.

أجرى اتصالات	to contact
مكثّف	intensive
بحث، يبحث، بحث	to discuss
أزمة (ج) ات	crisis
وفد	delegation

٣. الخبر الثالث

نوع اللقاء ....

مكان اللقاء ....

المشاركون ....

الموضوع ....

قمة أردنية سورية لبحث التطورات بالشرق الأوسط

يجري العاهل الأردني **محادثات** اليوم مع الرئيس السوري في ميناء العقبة. **وسيبحث الطرفان عملية السلام** في الشرق الأوسط وتطورات الوضع في العراق، إلى جانب **استعراض** الملف النووي الإيراني واحتمالات المواجهة العسكرية بين واشنطن وطهران. وقال مسئولون في القصر الملكي الأردني إن **المباحثات ستركز على** فرص استئناف **مفاوضات** السلام بين الفلسطينيين والإسرائيليين.

تطورات	developments
محادثات	talks
مباحثات	talks
عملية السلام	peace process
استعراض	review
ركّز على	to focus on
مفاوضات	negotiations

٤. الخبر الرابع

نوع اللقاء ....

مكان اللقاء ....

المشاركون ....

الموضوع ....

الرئيس المصري يجري مباحثات مع الرئيس الليبي

عقد الرئيس المصري **اجتماعا** مع رئيس الجماهيرية الليبية في القاهرة أمس. **وتناولت المحادثات** بين الزعيمين العربيين قضايا الشرق الأوسط وسبل **تعزيز العلاقات الثنائية** بين البلدين. كما **تطرق** الطرفان إلى **المستجدات** الأخيرة على الساحتين اللبنانية والعراقية وآخر التطورات في الملف الايراني، **وأكد الجانبان** ضرورة **بذل الجهود** الدولية لإيجاد حل سلمي لهذه المشاكل.

تناول	to treat
قضية (ج) قضايا	issue
عزّز	to strengthen
العلاقات الثنائية	bilateral relations
تطرق إلى	to touch on
مستجدات	developments
بذَل الجهود	to make efforts

٥. الخبر الخامس

نوع اللقاء ....

مكان اللقاء ....

المشاركون ....

الموضوع ....

محادثات ليبية باكستانية

اختتم الرئيس الباكستاني أمس زيارته لليبيا **أجرى** خلالها **مباحثات** مع الزعيم الليبي **دارت حول ترقية العلاقات الودية** بين البلدين. **وصرح** الرئيس الباكستاني في **مؤتمر صحفي عقده** ظهرا في طرابلس بأن البلدين **وقعا** اتفاق تعاون اقتصادي **وأشار إلى** أن العلاقات الليبية الباكستانية تلقى اهتماما وتشجيعا كبيرين من المسئولين الليبيين والباكستانيين على حد سواء.

اختتم	to end
دار، يدور، دورات	to be about
ودى	friendly
صرّح بـ	to state
وقّع	to sign
أشار إلى	to point to

٦. الخبر السادس

نوع اللقاء ....

مكان اللقاء ....

المشاركون ....

الموضوع ....

أول لقاء مصري أمريكي بعد قمة شرم الشيخ

سيستقبل نائب الرئيس الأمريكي يوم الثلاثاء المقبل رئيس الوزراء مصري في أول **لقاء** مصري أمريكي بعد **قمة** شرم الشيخ. **ومن المقرر** أن تتناول المباحثات سبل **دعم** الاتصالات المصرية الأمريكية **لدفع** المفاوضات الفلسطينية الإسرائيلية ومتابعة الوضع في العراق. **وعلى صعيد** العلاقات الثنائية **سيتبادل الجانبان الآراء حول ترقية التعاون** الاقتصادي بين البلدين.

استقبل	to receive
من المقرر	it has been decided
دعم، يدَعم، دعْم	to support
دفع، يدفع، دفع	to push, advance
صعيد (ج) أصعدة	domain
تعاون	cooperation

٣ فهم تنظيم النص

> **Understanding text organization:** If you know how texts are organized, you will be able to guess the meaning of the words you don't know more easily and read more effectively. Pay attention to the key words and expressions related to the theme and linking words that signal the relationship between different parts of the text. Consider the following examples:

▸Why?   ▸What about?   ▸What?

اللجنة السورية المصرية المشتركة تجتمع في دمشق

انعقد في دمشق أمس **اجتماع** اللجنة العليا السورية المصرية المشتركة **لبحث** سبل تعزيز العلاقات التجارية والاقتصادية والتعاون في شتى المجالات. وقال رئيس الوفد المصري بعد الاجتماع أن **الطرفان استعرضا** مجمل الوضع في الشرق الأوسط خصوصا على الساحة اللبنانية. وعلى صعيد العلاقات الاقتصادية شدد رئيس الوفد على ضرورة تحقيق التكامل العربي في المجالات الاقتصادية لمواجهة التكتلات والتحديات العالمية. هذا و من المتوقع أن تستمر أعمال اللجنة ثلاثة أيام.

• The type of the meeting is generally mentioned in the title or the first sentence. You can start building certain expectations about the text from the type of the meeting. Examples:

The participants will be presidents, kings, or prime ministers.	قمة
Most likely, there will be two parties discussing particular issues.	مباحثات
There is a problem to be solved.	مفاوضات
Experts in the field are discussing an issue.	منتدى

- The purpose of the meeting can be signaled by the preposition لـ

  summit to discuss ... ... قمة عربية لبحث
- Some frequent prepositions and expressions signaling that the following
  part of the text will indicate what the meeting was about are:

The two parties discussed	بحث الطرفان ...
The two parties went into	تطرق الطرفان إلى ...
The two delegations examined	استعرض الوفدان ...
The talks dealt with	تناولت المباحثات ...
The talks focused on	ركزت المباحثات على ...
The talks were about	دارت المحادثات حول ...
The meeting was held regarding	انعقد الاجتماع بشأن ...
To hold talks about	أجرى محادثات حول ...

- Some frequent expressions describing the content of talks:

Strengthening bilateral relations	تعزيز العلاقات الثنائية
Enhancing bilateral cooperation	تطوير التعاون بين البلدين
Moving the peace process forward	دفع عملية السلام
Latest developments of the situation	آخر تطورات الوضع

- Transition from one topic to another can be signaled by the expression
  وعلى صعيد 'and in the domain of':

  in the domain of bilateral relations   ... وعلى صعيد العلاقات الثنائية
- Expressions like من المتوقع أن ... / من المقرر أن (it is expected/decided
  to . . .) signal talk about the events that are expected to happen.

٤ القراءة المتعمقة

> **Reading for detail:** To understand a text well, you need to try answering these questions as you read: How does this relate to what I know? How does it relate to other articles that I have read? What are the implications in what I am reading?

◄ اقـرأوا الأخبار التالية أولا لفهم الفكرة الرئيسية وعبروا عنها في عنوان تضعونه لكل خبر ثم دونوا البيانات المطلوبة في المربع التالي لها:

أ) ....

اتفق الزعماء العرب في **ختام** قمتهم السابعة عشرة التي **انعقدت** في الجزائر على تشكيل لجنة لمتابعة الجهود الرامية لتنفيذ مبادرة السلام العربية التي أقرتها القمة العربية السابقة في بيروت. أكد **البيان الختامي** للقمة العربية الذي تلاه الأمين العام للجامعة العربية على ضرورة تحديث الجامعة العربية ومواصلة الإصلاح الديمقراطي **ومطالبة** إسرائيل بالانسحاب من جميع الأراضي العربية. وجاء **في البيان أن** السلام هو "الخيار الاستراتيجي" للعرب في تسوية الصراع مع إسرائيل. وأكد **البيان الختامي** الذي أطلق عليه **إعلان** الجزائر على **المضي قدما** في مجال الإصلاح **والسعي إلى** تعزيز القيم الديمقراطية وحقوق الإنسان ودور منظمات المجتمع المدني، غير أن القادة العرب لم يقدموا وعودا محددة في هذا الصدد.

ب) ....

تعقد القمة العربية القادمة في تونس وسط ضغوط خارجية وداخلية كبيرة على القادة والزعماء **المشاركين فيها** وفي الوقت الذي يشعر فيه الشارع العربي بالغليان سواء بسبب الأوضاع في فلسطين والعراق أو بسبب الأوضاع الداخلية والمطالبة بالمزيد من الإصلاحات والحريات السياسية. وقبل أسبوع من بدء القمة كانت هناك ثلاث **قضايا محورية** واضحة ستدور **حولها محادثات** القادة العرب أهمها مبادرة إصلاح الجامعة العربية، ومبادرات الإصلاح السياسية الداخلية في الدول العربية، وتطورات الوضع في العراق، ثم القضية الفلسطينية والعلاقات مع

إسرائيل. أما الآن وبعد اغتيال إسرائيل الزعيم الروحي لحركة حماس والمظاهرات العارمة التي اجتاحت بعض العواصم العربية، فقد تغير **ترتيب الأولويات** أمام القمة ليحتل الصراع العربي الإسرائيلي الآن قمة **جدول أعمالها.**

ج) ....

اختتمت القمة العربية الثامنة عشرة في الخرطوم **أعمالها** في يومها الثاني والأخير **بعقد الجلسة الختامية** التي قرأ فيها الأمين العام للجامعة العربية إعلان الخرطوم. ومن أبرز **القضايا** التي **تطرق إليها** الإعلان **تأكيد** مبادرة السلام العربية **والإشادة** بالانتخابات الديمقراطية في فلسطين. كما أكد الإعلان احترام سيادة العراق، وضرورة سرعة تشكيل حكومة عراقية. **وطالب** الإعلان بالتضامن مع لبنان وسيادته وحقه في المقاومة. **وأعرب عن** التضامن التام مع سوريا إزاء العقوبات المفروضة عليها. وفي الشأن السوداني **دعا** إعلان الخرطوم الأطراف السودانية **المشاركة** في محادثات **السلام** بشأن دارفور **إلى** مضاعفة جهودها **للتوصل إلى** اتفاق في الإقليم في إطار الاتحاد الأفريقي.

مكان القمة	القضايا
....	....
....	....
....	....

↩ والآن اقرأوا الأخبار مرة أخرى للإجابة على الأسئلة التالية:

١. ما هي القضايا المشتركة بين كل القمم المذكورة؟ وما هي القضايا المختلفة؟

....

....

....

....

٢. ما هي القضايا التي يتفق عليها الزعماء العرب؟ وما هي القضايا التي لا يتفقون عليها؟

....

....

....

Taking it personally: Thinking about your personal connection to the topic will help you absorb what you read and internalize new concepts.

---

٣. ما أكثر هذه القمم إثارة لاهتمامكم؟ ولماذا؟

....

....

....

....

٤. ما أقل هذه القمم إثارة لاهتمامكم؟ ولماذا؟

....

....

....

....

٥. ما هو الموضوع الذي تريدون طرحه أمام القمة العربية القادمة؟ ولماذا؟

....

....

....

....

اقرأوا الأخبار التالية أولا لفهم الفكرة الرئيسية وعبروا عنها في عنوان تضعونه لكل خبر ثم دونوا المعلومات المطلوبة في المربع التالي لها:

أ) ....

دعا مبعوث الأمين العام للأمم المتحدة خلال لقائه مع المسئولين اللبنانيين في بيروت **إلى** تنفيذ القرار ١٥٥٩. كما **ودعا** سوريا **إلى** التعاون الكامل مع لبنان من أجل ترسيم الحدود بين البلدين **مشيرا إلى أن** قضية الحدود لا تحل إلا باتفاق ثنائي بين دمشق وبيروت. **وذكر** المبعوث ضرورة احترام القوانين الدولية بشأن كيفية تحديد الحدود **مؤكدا على** أهمية أن يتم ذلك في أقرب وقت. **وحث** المبعوث سوريا ولبنان **على** حل الخلافات بينهما. هذا وقد **قال** المبعوث الدولي **إن** الحوار الداخلي بين اللبنانيين يسير بشكل إيجابي لكنه **دعا إلى** دمج سلاح حزب الله في الجيش اللبناني كما جرى مع سائر المليشيات بعد انتهاء الحرب الأهلية ١٩٧٥-١٩٩٠.

ب) ....

طالب مبعوث الأمين العام للأمم المتحدة خلال لقائه مع المسئولين اللبنانيين في بيروت **بـ**تنفيذ القرار ١٥٥٩ كما طالب سوريا بـالتعاون الكامل مع لبنان من أجل ترسيم الحدود بين البلدين **مؤكدا على** أن قضية الحدود لا تحل إلا باتفاق ثنائي بين دمشق وبيروت. **وأشار** المبعوث **إلى** ضرورة احترام القوانين الدولية بشأن كيفية تحديد الحدود **مشددا على** أهمية أن يتم ذلك فورا **وحذر** سوريا ولبنان **من** تصاعد الخلافات بينهما. هذا وقد **وأشاد** المبعوث الدولي بالحوار الداخلي بين اللبنانيين لكنه **طالب بـ**دمج سلاح حزب الله في الجيش اللبناني كما جرى مع سائر المليشيات بعد انتهاء الحرب الأهلية ١٩٧٥-١٩٩٠.

ج) ....

انتقد زعيم حزب الله **بشدة** تصريحات مبعوث الأمم المتحدة المتعلق بدعوته لدمج سلاح المقاومة في الجيش اللبناني. و**أكد** زعيم حزب الله **في تصريح أدلى** به للصحفيين أمس **على** أن موضوع سلاح المقاومة مطروح على طاولة الحوار الوطني، **مشيرا إلى** أن تصريحات المبعوث الدولي تعتبر تدخلا في شأن داخلي لبناني وأن هذا أمر غير مقبول.

د) ....

استنكر زعيم حزب الله **بشدة** تصريحات مبعوث الأمم المتحدة المتعلق بمطالبته بدمج سلاح المقاومة في الجيش اللبناني. و**شدد** زعيم حزب الله **في تصريح أدلى** به للصحفيين أمس **على** أن موضوع سلاح المقاومة مطروح على طاولة الحوار الوطني، **منوها** أن تصريحات المبعوث الدولي تعتبر تدخلا في شأن داخلي لبناني وأن هذا أمر مرفوض تماماً.

الخبر	الأفعال التي تصف كلام المسئول
أ	....
ب	....
ج	....
د	....

↰ والآن اقرأوا الأخبار مرة أخرى للإجابة على الأسئلة التالية:

١. كيف تعكس الكلمات التي تصف كلام المسئول موقف كاتب الخبر؟

....

....

....

....

٢. في رأيكم، ماذا قال مبعوث الأمم المتحدة الذي تصفه هذه الأخبار في الحقيقة؟ اكتبوا تصريحه كما تتصورونه.

....

....

....

....

....

٣. وماذا قال زعيم حزب الله في رأيكم؟

....

....

....

....

....

٤. ماذا نستنتج عن مصادر هذه الأخبار بناء على أسلوب كتابة الخبر؟

....

....

....

....

....

٥ تنمية المفردات

Vocabulary building: Among the strategies we use to memorize vocabulary, association is more effective then repetition. Create networks of association and mental linkages placing new words into context.

١. أكملوا الخريطة الدلالية لموضوع المؤتمرات:

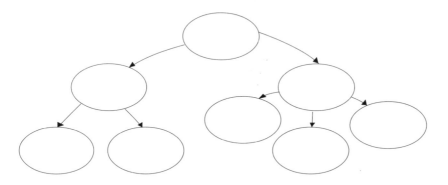

Visuals: Use visuals to help you memorize new vocabulary. Cut out pictures from newspapers and label everything on them. Compile your own picture file.

٢. اكتبوا الكلمات المتعلقة باللقاءات والمحادثات والتي تخطر في أذهانكم عند مشاهدة هذه الصورة:

AL-AHRAM ARCHIVES

الكلمات:

....

Collocations: When learning vocabulary, it is useful to learn colloca-
tions or combination of words that often occur together.

٣. ضعوا كل فعل في المربع في خانة الاسم الذي يستخدم معه ثم أكملوا
الجمل التالية:

ركز على – عقد – تطرق إلى – حضر – انعقد – دار حول – استضاف – تناول

المؤتمر	المشاركون	المحادثات	المدينة
....	....	....	....
....	....	....	....

١) .... القاهرة اليوم اجتماع وزراء خارجية الدول الأعضاء في الجامعة العربية.
٢) .... القمة الرباعية في مدينة شرم الشيخ.
٣) .... المباحثات حول تطورات الوضع في الشرق الأوسط.
٤) .... المؤتمر عدد كبير من القادة والزعماء العرب.
٥) .... المحادثات سبل دفع عملية السلام في الشرق الأوسط.
٦) .... المباحثات على سبل تعزيز التعاون بين البلدين.

٤. ضعوا كل فعل في الخانة المناسبة في الجدول ثم أكملوا الجمل التالية:

افتتحت – تناولت – انعقدت – اختتمت – بدأت – استؤنفت – دارت – تطرقت

المفاوضات	المحادثات	القمة
....	....	....
....	....	....

أ) .... المباحثات حول تطوير العلاقات الثنائية بين البلدين.
ب) .... القمة أعمالها بإعلان البيات الختامي.
ج) .... المباحثات إلى القضايا المتعلقة بتحقيق الأمن في المنطقة.
د) .... مفاوضات السلام منذ عشرين سنة لكنها لم تتوصل إلى حل.

هـ) .... المفاوضات بعد انقطاع استمر لمدة سنتين.

و) .... الجلسة الافتتاحية صباح أمس بحضور عدد كبير من الزعماء العرب.

٥. وائموا بين الأفعال والأسماء ثم أكملوا بها الجمل التالية:

• أجرى	• الاجتماع
• بذل	• القرار
• وجّه	• الآراء
• عقد	• البيان
• تبادل	• الجهود
• اتخذ	• المباحثات
• أصدر	• الكلمة
• ألقى	• الدعوة

أ) .... الرئيس المصري .... في ختام القمة العربية ظهر أمس.

ب) .... الجانبان .... حول تطورات الوضع في الشرق الأوسط.

ج) .... الرئيس التونسي .... مع العاهل الأردني في تونس أمس.

د) .... الرئيس السوداني............ الدعوة لملك الأردن لزيارة السودان.

هـ) .... وزير الخارجية المصري .... مع نظيره الفرنسي أمس.

و) .... المؤتمر .... بشأن تشكيل لجنة خاصة بمتابعة الوضع في فلسطين.

٦. ضعوا حرف جر مناسبا في الفراغات التالية:

أ) طالبت القمة العربية إسرائيل .... الانسحاب من جميع الأراضي العربية. وأكد البيان الختامي .... أن الدول العربية تسعى .... تعزيز القيم الديمقراطية وحقوق الإنسان ودور منظمات المجتمع المدني.

ب) أشاد الرئيس الجزائري .... الإنجازات التي تحققت ودعا .... مزيد من التضامن العربي لمواجهة المشاكل الاقتصادية. كما أشار .... ضرورة بذل مزيد من الجهود من أجل إحلال أمن في المنطقة.

ج) أما الأمين العام للجامعة العربية فقد تطرق في كلمته .... الإنجازات التي حققتها الجامعة خلال السنوات الخمس الماضية التي ترأس فيها الجامعة، وأكد .... ضرورة المضي قدما في إجراء الإصلاحات في الجامعة في الفترة القادمة.

د) وتحدث الرئيس السوداني .... الأوضاع في العراق وعبر .... الأمل في أن يخرج المؤتمر بنتائج تعيد الأمن إلى العراق. كما تطرق .... الأوضاع في بلاده وأعرب .... أمله في استئناف مفاوضات السلام من أجل التوصل .... حل لمشكلة دارفور ودعا العرب .... المشاركة .... قوات الاتحاد الأفريقي المسئولة عن حفظ السلام في دارفور.

٧. أكملوا نص هذه الأخبار بالكلمات المناسبة:

أ) يجري العاهل المغربي .... اليوم مع الرئيس المصري في الرباط. و .... الطرفان عملية .... في الشرق الأوسط و......... الوضع في العراق، إلى جانب .... القضايا المتعلقة بالقارة الإفريقية. وقالت المصادر إن .... ستركز على .... العلاقات الثنائية و .... التعاون بين البلدين.

ب) يتوجه رئيس الوزراء الاسترالي إلى الولايات المتحدة لـ .... محادثات مع الرئيس الأمريكي .... على المسألة النووية الإيرانية، وكذلك العمليات العسكرية في العراق وأفغانستان. كما يتوقع أن تكون الصين أيضا على .... أعمال المباحثات بين الطرفين. وس......... رئيس الوزراء الأسترالي الكلمة أمام الكونجرس الأمريكي.

ج) ....القمة العربية الثامنة عشرة في العاصمة السودانية بـ.............
إعلان الخرطوم، ومجموعة من القرارات المتعلقة بمناطق النزاعات في العالم
العربي و............. حل تلك النزاعات. و............. وزير الإعلام السوداني
عن رضا السودان عن القمة. وفي .... للجزيرة نت أشار إلى أن
الجامعة العربية شكلت .... لمتابعة تنفيذ .... التي صدرت عن
قمة الخرطوم.

٨. اكتبوا الكلمة العربية لكل كلمة في الجدول ثم أكملوا الخبر التالي:

....	to say
....	to mention
....	to point to
....	to express
....	to confirm
....	to emphasize
....	to praise
....	to announce
....	to criticize

اختتم المنتدى الاقتصادي العالمي أعماله في شرم الشيخ و............. الأمين العام
للجامعة العربية في الكلمة التي .... في الجلسة الختامية إلى مواصلة الحوار
حول القضايا الرئيسية التي تناولها المنتدى وهي الديمقراطية والسلام في الشرق
الأوسط إضافة للجوانب الاقتصادية. وقد .... الأمين العام للجامعة العربية
بشدة التصريحات التي .... بها وزيرة الخارجية الإسرائيلية حول ضرورة
تخلي الفلسطينيين عن خط الرابع من يونيو/حزيران ١٩٦٧ كأساس لترسيم
حدود دولتهم مستقبلا والبحث عن حلول واقعية.

٩. اكتبوا نصا للخبر المناسب لكل صورة مستخدمين المفردات والعبارات في المربع:

عقد القمة الطارئة – جدول الأعمال – حضر أعمال القمة – افتتح
– اختتم – أصدر البيان – أكد على – شدد على – ناقش
– توصل إلى اتفاق حول – القضايا الراهنة

AL-AHRAM ARCHIVES

الخبر:

أجرى المفاوضات من أجل - دارت المفاوضات - تطرق إلى - تقريب وجهات النظر بين الأطراف - حل المشاكل - أشار إلى - أكد على - استنكر - انتقد توصل إلى حل

الخبر:

٦ القراءة السريعة

Skimming: Skimming involves reading passages quickly to have an idea of what the text is about. Since there are no capital letters in Arabic, beginnings of sentences as well as names of people and places do not stand out. When skimming, you have to rely on your knowledge of the text organization and key vocabulary. Knowledge of prepositions that go with a main verb in a sentence can be particularly useful, as you can skip most of the text between the verb and the preposition. See the example in the box.

افتتحت اليوم في منتجع شرم الشيخ المصري **أعمال المؤتمر الاقتصادي العالمي** حول الشرق الأوسط **بمشاركة** نحو ١٢٠٠ من قادة العالم وكبار رجال الأعمال وقادة الرأي. **ودعا** الرئيس المصري في الكلمة التي ألقاها في الجلسة الافتتاحية صباح اليوم **إلى** إصلاح ديمقراطي متدرج لا يؤدي إلى الفوضى.

↜ اقرأوا هذه الأخبار قراءة سريعة ثم ضعوا عنوانا لكل منها يعبر عن الفكرة الرئيسية فيها:

الأخبار

أ) ....

بحث الرئيس المصري مع الرئيس الفلسطيني تطورات الأوضاع في الأراضي الفلسطينية والجهود التي تبذلها مصر لإيصال المساعدات للشعب الفلسطيني والعمل على حل الخلافات الفلسطينية – الفلسطينية وكذلك جهود الرئيس المصري من أجل استئناف اللقاءات الفلسطينية الإسرائيلية. وقد أطلع الرئيس الفلسطيني الرئيس المصري على تطورات الأحداث الجارية في الأراضي الفلسطينية والجهود المبذولة من أجل احتواء الموقف بين الفصائل الفلسطينية.

ب) ....

افتتحت اليوم في منتجع شرم الشيخ المصري أعمال المنتدى الاقتصادي العالمي حول الشرق الأوسط بمشاركة نحو ١٢٠٠ من قادة العالم وكبار رجال الأعمال وقادة الرأي. ودعا الرئيس المصري في كلمة الافتتاح إلى ما وصفه بإصلاح ديمقراطي متدرج لا يؤدي إلى الفوضى. وشدد على أن الإصلاح يجب أن يكون نابعا من داخل المنطقة. ودعا إلى السلام والاستقرار في الشرق الأوسط مؤكدا أن شعوب المنطقة تتوق إليه. لكنه أوضح أن التغيير يتطلب مواجهة بؤر التوتر في فلسطين واعتبر أن حل القضية الفلسطينية هو الطريق للإصلاح في المنطقة.

ج) ....

التقى رئيس الوزراء المصري وفدا من مجلس الشيوخ الأمريكي يضم الأعضاء في لجنة التمويل بالمجلس.وأكد أعضاء الوفد خلال اللقاء عمق العلاقات الاستراتيجية بين مصر والولايات المتحدة وأن هذه العلاقات تعتبر من أهم العلاقات الأمريكية مع العالم الخارجي. وقال المتحدث باسم مجلس الوزراء إن الطرفين استعرضا خلال اللقاء خطوات الإصلاح الاقتصادي. كما تطرق النقاش للقضايا الإقليمية والدور المصري فيها.

د) ....

أعرب وزير الخارجية الألمانية في تصريحات بالكويت في بداية جولته الخليجية عن أمله في أن تبدي إيران مزيدا من الليونة للتوصل إلى حل للأزمة القائمة حول ملفها النووي وقال الوزير الألماني ردا على سؤال حول الجهود التي يبذلها الأوروبيون لإقناع إيران بالتخلي عن تخصيب اليورانيوم إنه بعد سنتين ونصف السنة من المفاوضات لم نحرز تقدما بالقدر الذي كنا نريد. جاءت تصريحات وزير الخارجية الألماني في مؤتمر صحافي مشترك مع نظيره الكويتي عقب اجتماع مع رئيس الوزراء.

هـ) ....

تحت رعاية رئيس الجمهورية تبدأ في القاهرة غدا أعمال مؤتمر التعليم في عصر المعرفة بحضور ممثلين عن الدول الثماني الكبرى وعدد من المؤسسات الدولية

والإقليمية منها البنك الدولي والبرنامج الإنمائي للأمم المتحدة والجامعة العربية والبنك الإسلامي والصندوق العربي للإنماء. وأكد وزير التربية والتعليم أن مصر ستتقدم بورقة عمل للمؤتمر تستهدف تطوير جودة التعليم في مصر بالتعاون مع البنك الدولي لمقدمة لتطبيق التجربة بعد نجاحها في الدول العربية. وأشار إلى أن المؤتمر سيشهد مشاركة عربية وشرق أوسطية واسعة وأوضح أن المشاركين في المؤتمر سيناقشون عدد من الموضوعات منها استخدام التكنولوجيا في التعليم والتعليم الفني والمهني ومحو الأمية.

Talking about it: Telling someone about what you have read in your own words is a useful strategy that helps you remember new concepts and absorb new vocabulary more quickly.

↰ والآن اختاروا أكثر هذه الأخبار إثارة لاهتمامكم ثم اقرأوه قراءة دقيقة وقدموه لزملائكم في الصف – يمكن أن تكتبوا أدناه النقاط الرئيسية للتقديم:

....

....

....

....

....

....

....

....

....

....

....

....

٧ القراءة الناقدة

Reading critically: When you read, you need to evaluate the texts as well as their sources. What are facts and what are opinions in the news you are reading? What is objective reporting? How do you detect bias? One of the activities that can help you develop critical reading is comparing one story in two or more news sources.

الخبران التاليان يتناولان نفس الحدث ولكنهما من مصدرين مختلفين. ضعوا عنوانا مناسبا لكل منهما ثم أجيبوا على الأسئلة أدناه:

الجريدة ١

....

هاجمت الولايات المتحدة نتائج القمة العربية التي انعقدت في الجزائر مشيرة إلى أن البيان الختامي للقمة لم يخط خطوة واحدة نحو التحول الديموقراطي في منطقة الشرق الأوسط. وقلل المتحدث باسم وزارة الخارجية الأمريكية من أهمية القمة وقال إنها كانت بمثابة فرصة ضائعة لبدء تطورات إيجابية في المنطقة. كما أكد أن البيان الختامي لم يتضمن أي شيء يستحق التعليق عليه ولذلك لم ترسل الولايات المتحدة أي مسئول أمريكي للمشاركة في القمة.

الجريدة ٢

....

وجّه عدد من المسئولين الأمريكيين بعض الانتقادات إلى القمة العربية التي انعقدت في الجزائر وأشاروا إلى ضرورة بذل مزيد من الجهود من أجل تحقيق الإصلاحات السياسية في المنطقة. وذكر المتحدث باسم وزارة الخارجية الأمريكية أن البيان الختامي الصادر عن القمة لم يحقق كل التوقعات التي كانت تتعلق بقمة الجزائر.

١. ما هي المعلومات المشتركة في المصدرين؟

....

....

٢. ما هي الاختلافات في الخبرين وماذا يمكن أن يكون السبب وراءها؟

....

....

٣. ماذا نستطيع أن نستنتج عن كل من الجريدتين بناء على اختيار المفردات والعبارات في الخبر؟

....

....

اقرأوا هذه الأخبار الثلاثة وقارنوا بينها ثم أجيبوا على الأسئلة:

الجريدة الأولى

الصفحة الرابعة

أستراليا ترحل دبلوماسيا إسرائيليا

أعلنت السلطات الأسترالية في مؤتمر صحفي عقد في وزارة الخارجية الأسترالية أمس عن ترحيل دبلوماسي إسرائيلي من أراضيها لأسباب لم تتحدد ورفضت الدولتان الكشف عنها.

الجريدة الثانية

الصفحة الأولى

طرد دبلوماسي إسرائيلي من أستراليا

كشفت مصادر استرالية عن طرد دبلوماسي اسرائيلي كبير في السفارة الاسرائيلية بالعاصمة كانبيرا لارتكابه مخالفة. ورفض المسئولون من البلدين الذين عقدوا مؤتمرا صحفيا في وزارة الخارجية الأسترالية أمس الكشف عن هذه المخالفة.

الجريدة الثالثة

الصفحة السادسة

استراليا تبعد دبلوماسيا إسرائيليا

قال المتحدث باسم الخارجية الأسترالية في مؤتمر صحفي انعقد في مقر الوزارة أمس إن دبلوماسيا إسرائيليا أبعد من استراليا لأسباب ربما كانت مرتبطة بحادث دبلوماسي وقع في نيو زيلاندا. وأوضح المتحدث أن الدبلوماسي أبعد قبل أسابيع من دون إعلان القرار حتى لا تسوء العلاقات الجيدة بين البلدين.

١. ما هي المعلومات التي ذكرت في كل من المصادر الثلاثة؟

....

....

....

....

....

....

٢. ما هي الاختلافات بين الأخبار الثلاثة وماذا يمكن أن يكون السبب وراءها؟

....

....

....

....

....

....

٣. ماذا نستطيع أن نستنتج عن كل من الجرائد الثلاث بناء على اختيار المفردات والعبارات في الخبر؟

....

....

....

....

....

....

ابحثوا عن خبر عن مباحثات أو مؤتمر في مصدرين مختلفين على الانترنيت (مثلا: aljazeera.net و cnn/arabic.net) أو في جريدتين مختلفتين (مثلا الأهرام والوفد) وقارنوا بينهما.

....
....
....
....
....
....
....
....
....
....
....
....
....
....
....
....
....
....
....
....
....
....
....

٢

Demonstrations

أخبار المظاهرات والإضرابات

١ التمهيد للقراءة

Thinking about the topic: Reflect on what you know about the topic and activate your background knowledge. New information is absorbed more easily when it is linked to what you already know.

فكروا في مضمون الصورة وخمنوا مضمون الخبر المصاحب لها، ثم دونوا أفكاركم تحت الصورة وناقشوها مع زملائكم في الصف.

JOSHUA STACHER

تظاهر	to demonstrate
متظاهر (ج) ون	demonstrator
مسيرة (ج) ات	rally
طالب بـ	to demand
احتج على	to protest
رفع، يرفع	to rise
لافتة (ج) ات	banner
هتاف (ج) ات	chants
أيّد	to support
ناهض	to oppose

....

....

....

Previewing vocabulary: The more vocabulary related to the topic you know, the easier it is to understand what you read. Learn the words in the list above and consult the glossary before you start reading.

٢ القراءة لفهم الأفكار الرئيسية

Reading for main ideas: The main information in a news article is usually presented in the title and opening sentence. They answer the five 'W's: where, what, who, when, why. Ask yourself these questions as you read. Then read the rest of the article while focusing on the words in bold. They are key terms related to the theme.

دونوا المعلومات المطلوبة بعد قراءة الخبر التالي:

١. الخبر الأول

مكان المظاهرة ....

مطالب المتظاهرين ....

مظاهرات احتجاجية في العراق

شهدت مدن عراقية **موجة من المظاهرات الحاشدة احتجاجا على** نتائج الانتخابات البرلمانية. فقد خرج عشرات الآلاف من المواطنين في مظاهرة عقب صلاة الجمعة **مطالبين** بتغيير المفوضية العليا وإعادة الانتخابات. ورفع المتظاهرون الذين تجمعوا في منطقة اليرموك غربي العاصمة بغداد **لافتات** ينتقدون فيها عملية تزوير الانتخابات البرلمانية الأخيرة.

شهد، يشهَد، شهادة	to witness
موجة (ج) ات	wave
حاشد	crowded
احتجّ على	to protest against
طالب بـ	to demand
لافتة (ج) ات	banner

٢. الخبر الثاني

مكان المظاهرة ....

مطالب المتظاهرين ....

to oppose	ناوأ
to support	أيّد
rally	مسيرة (ج) ات
to support	ساند
to organize	نظّم
reform	إصلاح (ج) ات
protest	احتجاج (ج) ات

مظاهرات مناوئة ومؤيدة لإصلاحات روسيا

شارك مئات الآلاف من المتظاهرين في أنحاء روسيا في **مسيرات مؤيدة ومناوئة** للإصلاحات التي أعلنت عنها الحكومة. وقد ساند **المظاهرات المناوئة** للإصلاحات **والمطالبة** باستقالة الرئيس الروسي وحكومته الحزب الشيوعي والأحزاب اليسارية في البلاد. غير أن الحزب الرئيسي المؤيد للحكومة قام **بتنظيم مظاهرات** أخرى **مؤيدة** للرئيس الروسي. تشير الأنباء إلى أن الإصلاحات أدت إلى موجة من **الاحتجاجات** التي لم تشهد روسيا مثيلا لها منذ عشر سنوات مضت. وليس من الواضح بعد عدد المشاركين في **المظاهرات** من المناوئين لسياسات الرئيس والمؤيدين لها.

٣. الخبر الثالث

مكان المظاهرة ....

مطالب المتظاهرين ....

مظاهرات في إندونسيا احتجاجا على زيارة الرئيس الأمريكي

شهدت أكثر من ١٢ مدينة إندونيسية بينها جاكرتا **احتجاجات حاشدة نظمتها** جماعات **مناهضة لـ**سياسات واشنطن في العراق وفلسطين، **وحرق** خلالها المتظاهرون **العلم** الأميركي. **وطالب المتظاهرون** ومعظمهم من الجماعات الإسلامية المحافظة وطلاب الجامعات، الحكومة **بـإلغاء** زيارة الرئيس الأمريكي لبلادهم غيرأن حكومة جاكرتا رفضت ذلك. وفي بلدة بوجور القريبة من جاكرتا، حيث سيلتقي الرئيس الأميركي نظيره الإندونيسي، **رفع** نحو ٥٠٠ طالب اليوم **لافتات** كتب عليها "إذهب إلى الجحيم يا ملك الارهابيين". وقال المتحدث باسم الخارجية الإندونيسية إنه لا **يعترض على** المظاهرات، لكنه يأمل ألا تتحول إلى العنف مضيفا أنه "في كل مكان يذهب إليه الرئيس هناك مظاهرات". كما حث المتظاهرين على عدم **حرق العلم** الأمريكي لأن "هذا ضد ثقافتنا وهناك طرق عديدة للتعبيرعن الاستياء".

مناهض لـ	opposing to
حَرَقَ، يحرِق، حرق	to burn
علم (ج) أعلام	flag
ألغى	to cancel
اعترض على	to object to
عنف	violence

٣ فهم تنظيم النص

> **Understanding text organization:** Your knowledge of the organization
> of the text will help you guess the meaning of words you do not know
> and to read more effectively. Pay attention to the words and expressions
> that signal this organization. Consider the following examples:

Why   Where

مظاهرات حاشدة في الهند احتجاجا على السياسات الأمريكية
شهد عدد من المدن الهندية مظاهرات حاشدة **احتجاجا على** سياسات واشنطن في
العراق وفلسطين، وحرق خلالها المتظاهرون العلم الأميركي. و**طالب المتظاهرون**
ومعظمهم من الجماعات الإسلامية المحافظة وطلاب الجامعات، الحكومة، **بإلغاء**
زيارة الرئيس الأمريكي لبلادهم **غير أن** حكومة جاكرتا رفضت ذلك.

What   However

- The verb شهد signals that the question 'where?' is going to be answered.
- To find the answer to the question 'why?', first look for a *masdar* in *mansub*
  case: ... مظاهرات احتجاجا على ... / تنديدا بـ ...

  demonstrations to protest / to condemn . . .
- To locate demonstrators' demands look for the preposition ـب after the
  verb طالب.
- Note that the connector غير أن (however) indicates that the coming
  talk denies expectations raised in the first part of the sentence:

  ... طالب المتظاهرون بإلغاء الزيارة غير أن الحكومة ...

  The demonstrators demanded that the visit be cancelled,

  however the government . . . .

If you understand the first part of the sentence containing غير أن you can
guess the meaning of the second part without reading it, or knowing the
meaning of each word.

٤ القراءة المتعمقة

Reading for detail: To understand the text well, you need to read actively. Ask yourself questions as you read: How does this relate to what I know? How does it relate to other articles that I have read? What are the implications of what I am reading?

اقرأوا الأخبار التالية لفهم الفكرة الرئيسية وعبروا عنها في عنوان تضعونه لكل خبر ثم دونوا المعلومات المطلوبة في الجدول التالي لها:

أ) ....

تظاهر عشرات الآلاف من الأشخاص في مختلف أنحاء العالم **احتجاجا على** حرب العراق. ففي تركيا تظاهر الآلاف في عدد من المدن، حيث خرج نحو ألف شخص في حي (كاد يكوي) شرق مدينة اسطنبول **تلبية لدعوة** جمعيات يسارية وإسلامية، **مطالبين بـ**رحيل القوات الأمريكية من العراق. **ورفع المتظاهرون شعارات ولافتات طالبوا فيها** بإغلاق معتقل (غوانتانامو) وقاعدة (إنجرليك) الجوية الأمريكية جنوبي تركيا. وفي القسم الغربي من اسطنبول تظاهر نحو ألف ناشط من اليسار **منددين بـ**الممارسات الأمريكية في العراق، **ومطالبين بـ**مغادرة الجيش الأمريكي من ذلك البلد.

ب) ....

تظاهر أكثر من ٢٠ ألف شخص في باكستان **تنديدا بـ**نشر عدة صحف أوروبية لرسوم كاريكاتيرية مسيئة للرسول محمد (صلى الله عليه وسلم) **واتهموا** حكومة بلادهم **بـ**اتخاذ موقف لين تجاه البلدان الغربية بشأن تلك القضية. **وأحرق المتظاهرون أعلاما أمريكية ودانماركية وصورا** للرئيس الأمريكي **ورددوا شعارات معادية** للولايات المتحدة.

وقد **دعا** المتظاهرون **إلى تنظيم** مزيد من **المظاهرات لـ**حمل الحكومة على قطع علاقاتها الدبلوماسية مع البلدان التي نشرت صحفها تلك الرسوم المسيئة للرسول الكريم.

ج) ....

شهدت كبرى المدن الباكستانية **مظاهرات حاشدة احتجاجا على** زيارة الرئيس الأمريكي للبلاد ردد خلالها المتظاهرون **هتافات تندد** بالسياسة الأمريكية في المنطقة. من جانب آخر **شل إضراب عام** دعا إليه تحالف الأحزاب الإسلامية "مجلس العمل المتحد"، معظم أنحاء البلاد **احتجاجا على** هذه الزيارة. وفي كراتشي جنوبي باكستان، تظاهر نحو ١٠٠٠ طالب من حركة "إمامية" الشيعية، **مرددين** "عد من حيث جئت"، محاولين الاقتراب من القنصلية الأمريكية حيث قتل دبلوماسي أمريكي وأربعة أشخاص آخرين في هجوم انتحاري.

د) ....

تظاهر نحو ثلاثة آلاف طالب في جامعة الإسكندرية بشمال مصر **احتجاجا على** زيارة رئيس الوزراء الإسرائيلي لمصر يوم الخميس لإجراء محادثات مع الرئيس المصري. **وأحرق** المتظاهرون **العلم** الإسرائيلي كما **أشعلوا النيران** في ثلاث سيارات ودراجة نارية أمام الجامعة حيث **انضم إلى** المظاهرة عدد من المواطنين.

هـ) ....

أصدرت الحكومة السيرلانكية حظرا شاملا على جميع المظاهرات والمسيرات في البلاد. وجاء قرار الحظر في أعقاب **اندلاع أعمال عنف** طائفية في وسط البلاد، وقد ذكرت وكالات الأنباء أن شبابا من السنهال **قاموا بأعمال الشغب والتخريب** إذ **احرقوا** سيارات **ودمروا** عددا من متاجر يمتلكها المسلمون في بلدة بالقرب من **العاصمة كولومبو**

المكان	الأسباب	ممارسات المتظاهرين
....	....	....
....	....	....
....	....	....
....	....	....
....	....	....

والآن اقرأوا الأخبار مرة أخرى للإجابة على الأسئلة التالية:

١. كيف يتعامل كل خبر مع الأرقام ولماذا؟

....

....

....

....

....

٢. ما هي الممارسات المشتركة للمتظاهرين في كل مكان؟ وما هي الاختلافات؟

....

....

....

....

....

Taking it personally: Personalize the topic. Think about what it means to you. This will help you memorize new vocabulary and internalize new concepts.

٣. من بين القضايا التي تسببت في هذه المظاهرات، ما هي أكثرها أهمية في رأيكم؟ ولماذا؟

....

....

....

....

٤. ما هي المظاهرة التي كان من الممكن أن تشاركوا فيها من بين هذه المظاهرات؟ ولماذا؟

....

....

....

....

....

٥. ما هي المظاهرة التي لا يمكن أن تشاركوا فيها؟ ولماذا؟

....

....

....

....

....

General versus Specific: Multiple news reports of the same event will often differ in their presentation of information and the details in which they describe events. For example, in one report you may read that أعمال العنف happened during anti-government demonstrations. In another report of the same event you may find that what happened was referred to as:

إحراق السيارات وتدمير المحلات ورمي الحجارة.

Remember that most language choices reflect something about the writers' attitudes.

↩ اقرأوا الخبرين التاليين أولا لفهم الفكرة الرئيسية وعبروا عنها في عنوان تضعونه لكل خبر ثم دونوا المعلومات المطلوبة في الجدول:

أ) ....

شهدت القاهرة ومحافظات الجيزة والإسكندرية والفيوم مظاهرات حاشدة شارك فيها مئات الآلاف من المواطنين عقب صلاة الجمعة احتجاجا على التصريحات التي أدلى بها مؤخرا وزير الثقافة والتي عبر فيها عن مناهضته لارتداء السيدات الحجاب. وطالب المتظاهرون، ومن بينهم عدد كبير من السيدات المحجبات، الحكومة بإقالة الوزير رافعين اللافتات تندد بتصريحاته.

وتناول معظم أئمة مساجد الجمهورية الحديث عن فريضة "الحجاب". كما أصدرت جامعة الأزهر بيانا رسميا أعربت فيه عن رفضها الشديد لتصريحات وزير الثقافة بشأن حجاب المرأة مؤكدة أنها مخالفة لأحد الأوامر الإلهية المثبتة في نصوص القرآن الكريم والسنة وإجماع المسلمين.

هذا وقد شهدت المظاهرات في مدينة الإسكندرية اندلاع أعمال العنف إذ أشعل بعض الشباب الذين تجمعوا خارج أسوار الجامعة النيران في السيارات الموجودة في الشارع. وفرقت أجهزة الأمن بالقوة هؤلاء الشباب حيث استعملت العصي والغاز المسيل للدموع.

ب) ....

عن الجدل المثار حول "الحجاب" حاليا أوضح الشيخ حسين خضر رئيس قطاع شؤون المساجد بوزارة الأوقاف أن ما حدث كان أمرا عارضا وأن الحكومة بما لديها من السلطات ستعالج الأزمة مؤكدا أنه ينبغي ألا نخلط بين الدين والسياسة.

جاء هذا التصريح في أعقاب المظاهرات التي شهدها عدد من المدن أمس الجمعة احتجاجا على تصريحات وزير الثقافة حول "الحجاب". وتحول بعض هذه المظاهرات إلى أعمال الشغب والتخريب غير أن رجال الأمن سيطروا على الموقف وقاموا بتفريق المتظاهرين.

ومن ناحية أخرى أعلن عدد كبير من أساتذة كلية الفنون الجميلة بجامعة القاهرة عن تضامنهم الكامل مع وزير الثقافة ضد الهجوم الذي يتعرض له جراء تصريحاته مؤكدين أن ردود الفعل في هذه الأزمة لا تتناسب وحجمها.

الخبر الثاني	الخبر الأول	البيانات المطلوبة
....	....	مكان المظاهرة
....	....	عدد المشاركين
....	....	توقيت المظاهرة
....	....	سبب المظاهرة
....	....	أعمال العنف
....	....	ممارسات الشرطة

↩ والآن اقرأوا الخبرين مرة أخرى للإجابة على الأسئلة التالية:

١. كيف يختلف الخبران في عرض الأحداث؟ وما هي أسباب ذلك في رأيكم؟

....
....
....
....
....
....

٢. كيف يؤثر الاختلاف في ذكر التفاصيل على فهم القارئ للخبر؟

....
....
....
....
....
....

٣. علام تدل الاختلافات بين الخبرين في اختيار بعض المفردات؟

....

....

....

....

....

....

٤. ما هو أكثر المصدرين موضوعية في رأيكم؟ ولماذا؟

....

....

....

....

....

....

٥ تنمية المفردات

Word maps: To remember new words more easily, make word maps. Instead of writing words in a list, organize them in meaningful clusters by topics and subtopics related to one another.

١. أكملوا الخريطة الدلالية لموضوع المظاهرات:

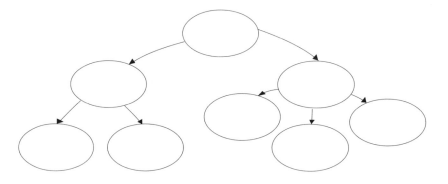

Visuals: Pictures are good memory aids. Cut out pictures from newspapers and label everything you know on them. Compile your own picture file.

٢. اكتبوا الكلمات المتعلقة بالمظاهرات والتي تخطر في أذهانكم عند مشاهدة هذه الصورة:

JOSHUA STACHER

الكلمات:

Collocations: When learning new vocabulary, it is useful to understand collocations and learn them together.

٣. ضعوا الأفعال التالية في أماكنها المناسبة بالجدول التالي:

احتشد – اندلع – قام – نَظَّم – تجمع – فرق – ضرب – احتج
– نُظِّم – أطلق النار – أشعل النار – طالب

رجال الشرطة	المتظاهرون	المظاهرة
....	....	....
....	....	....
....	....	....
....	....	....

٤. والآن أكملوا بها الجمل التالية:

أ) .... مظاهرات حاشدة صباح أمس في لندن احتجاجا على حرب العراق.
ب) .... المتظاهرون في وسط المدينة ثم توجهوا إلى السفارة الأمريكية.
ج) .... المتظاهرون بوقف العمليات العسكرية في العراق.
د) .... المتظاهرون النار في حديقة قريبة من السفارة الأمريكية.
هـ) .... المتظاهرون على السياسة الأمريكية في المنطقة.
و) .... رجال الشرطة المتظاهرين مستخدمين الغاز المسيل للدموع.

٥. وائموا بين الأفعال والأسماء ثم أكملوا الجمل التالية:

• أحرق	• النار
• أشعل	• المتاجر
• ردد	• العصي
• رفع	• العلم
• دمّر	• الهتافات
• استعمل	• اللافتات

أ) .... رجال الشرطة .... لتفريق المتظاهرين.
ب) .... المتظاهرون .... الإسرائيلي و الأمريكي.
ج) .... المتظاهرون عددا من .... في وسط المدينة.
د) .... المتظاهرون .... تدعوا إلى وقف الحرب.
هـ) .... المتظاهرون .... كتب فيها "لا للحرب".

٦. ضعوا حرف جر مناسبا في الفراغات التالية:

أ) في سول احتج نحو ١٠٠٠ متظاهر .... الغزو الذي قادته الولايات المتحدة، مطالبين حكومة بلادهم .... سحب جنودها من القوات الدولية المتمركزة في شمال العراق.
ب) في طوكيو شارك نحو ٨٠٠ من المواطنين اليابانيين .... مظاهرة في شوارع

المدينة انتهت أمام السفارة الأمريكية. وردد المشاركون في المظاهرة وهي الثانية خلال يومين شعارات مناوئة .... السياسة الأمريكية.

ج) وتظاهر نحو ثلاثة آلاف طالب في جامعة الإسكندرية بشمال مصر احتجاجا .... زيارة رئيس الوزراء الإسرائيلي. وقد رفع الطلاب لافتات تندد .... الممارسات الإسرائيلية. وخرج بعض الطلاب من الحرم الجامعي إلى الشارع فانضم .... المظاهرة عدد من المواطنين.

٧. أكملوا نص الخبرين التاليين بالكلمات المناسبة:

أ) ذكرت مصادر في جهاز الأمن المصري أن النيابة العامة قررت حبس ٦٨ طالبا .... في المظاهرات .... للفلسطينيين و............. للولايات المتحدة التي ....ـها مدينة الإسكندرية الثلاثاء والتي تخللتها أعمال تخريب وشغب. وكانت شوارع المدن المصرية قد شهدت خروج آلاف .... أمس الأربعاء على مقتل الطالب محمد السقا، الذي سقط في الاشتباكات التي وقعت قبل يوم واحد بين .... والشرطة في الإسكندرية. وقد طوقت قوات الأمن المصرية أمس نحو ثلاثة آلاف طالب من جامعة الإسكندرية، وهم .... هتافات ....بمقتل زميلهم السقا، وبالحملة العسكرية الإسرائيلية على المدن الفلسطينية. وكان الطالب المصري قد لقي حتفه بعد أن استخدمت الشرطة المصرية الطلقات المطاطية والغاز .... والهراوات لـ............. الطلاب الذين تجاوزا بمظاهراتهم أسوار الحرم الجامعي.

ب) شارك مئات آلاف الأشخاص في مظاهرات احتجاج بعدد من المدن الأمريكية، ....ـها المهاجرون اللاتينيون لدعم المهاجرين غير الشرعيين المنحدرين من أصول لاتينية. و............. المتظاهرون في شيكاغو ونيويورك وغيرها شعارات .... فيها بإصلاح قانون الهجرة وتسوية أوضاع المهاجرين. ودعت عدد من المنظمات لـ.............عن العمل فيما وصفته بـ"يوم بدون مهاجرين".وأقفلت بعض المحلات التجارية أبوابها .... لدعوة للمقاطعة بعدم التوجه إلى مراكز العمل والمدارس ومقاطعة الشراء من المحال التجارية "كي تعلم البلاد كم هي بحاجة

للمهاجرين" .وقالت إحدى المشاركات في المظاهرات إن هذه الاحتجاجات تأتي للـ............ بحقوق المهاجرين، لأنهم يشكلون جزءا من المجتمع الأمريكي.

٨. اكتبوا نصا إخباريا مناسبا لكل صورة مستخدمين المفردات والعبارات في المربع:

اندلع - احتجاجا على - أحرق - أشعل النار في - دمّر - فرّق - غاز مسيل للدموع

JOSHUA STACHER

الخبر:

احتشد – نظّم – احتجاجا على – مطالبين – ردد هتافات – رفع اللافتات – شعارات مناوئة

JOSHUA STACHER

الخبر:

٦ القراءة السريعة

Skimming: Remember that skimming involves reading only parts of a text to get an idea of what it is about. Rely on your knowledge of text organization, key vocabulary, verbs, and prepositions to locate the main points.

شارك نحو ثلاثة آلاف طالب في جامعة الإسكندرية وعدد من الجامعات المحلية الأخرى بشمال مصر بعد ظهر أمس **في مظاهرات احتجاجا على** زيارة رئيس الوزراء الإسرائيلي. ورفع الطلاب الذين يواصلون التظاهر لليوم التالي على التوالي **لافتات ينتقدون فيها** بشدة **الموقف العربي** الضعيف إزاء الممارسات الإسرائيلية والأمريكية.

◄ اقرأوا الأخبار التالية قراءة سريعة ثم ضعوا عنوانا لكل منها يعبر عن الفكرة الرئيسية فيها:

أ) ....

تجمع أكثر من ألف من النساء والفتيات المؤيدات لحق المرأة أمام البرلمان الكويتي أمس للمطالبة بمنح الحقوق السياسية للمرأة في البلاد. وارتدت معظم المشاركات في المظاهرة ثيابا باللون الأزرق ورفعن لافتات كتب عليها "حقوق المرأة الآن" و"نصف الديموقراطية ليست ديموقراطية". كما شارك في المظاهرة رجال وشباب من الليبراليين مطالبين الحكومة بإقرار التعديل المقترح على قانون الانتخابات الذي وضع في عام ١٩٦٢.

ب) ....

تظاهر حوالي عشرة آلاف شخص – أغلبهم من الأمازيغ – في الجزائر العاصمة احتجاجا على ما سموه قمع الحكومة للمظاهرات التي قامت في منطقة القبائل في الشهر الماضي كما طالب المتظاهرون الحكومة الجزائرية بالاعتراف رسميا باللغة الأمازيغية. وتفيد الأنباء بأن المظاهرات كانت سلمية ولم تتخللها أعمال عنف.

ج) ....

أعلنت الشرطة النيجيرية مصرع ١٦ شخصا خلال مظاهرات في شمال البلاد احتجاجا على نشر الرسوم المسيئة للرسول محمد صلى الله عليه وسلم في عدد من الصحف الأوروبية. وأشارت مصادر الشرطة إلى أن ١٥ قتيلا سقطوا أمس السبت في ميادوغوري ولاية بورنو شمالي نيجيريا. وقال شهود عيان إن المصادمات اندلعت بعدما أطلقت الشرطة النار على متظاهر أو متظاهرين اثنين مما أثار غضب المحتجين. وأوضحت الشرطة أنه تم اعتقال ١١٥ شخصا وأن المتظاهرين أحرقوا ١١ كنيسة ودمروا بعض الفنادق وأكثر من ٢٠ متجرا.

د) ....

في مدينة صور تظاهر عدة آلاف من اللبنانيين والفلسطينيين مرددين هتافات مثل الموت لإسرائيل وللرئيسين السوري واللبناني. كما أحرقوا دمى لرئيس الوزراء الإسرائيلي ووزيرة الخارجية الأمريكية. وفي عمان اشتبكت الشرطة مع نحو ثمانمئة متظاهر من بينهم نساء وأطفال حاولوا تنظيم مسيرة إلى السفارة الإسرائيلية، واستخدمت الشرطة الهراوات لتفريق المتظاهرين الذين ردوا بإلقاء الحجارة وإشعال النيران في صناديق القمامة.

هـ) ....

خرج عشرات الآلاف من المواطنين في مظاهرات في الأرجنتين احتجاجا على نقص الطعام والوظائف. وخرجت المظاهرات في الوقت الذي ارتفعت فيه معدلات البطالة إلى عشرين في المئة، وقبل أيام من إضراب عام دعت إليه نقابات العمال الرئيسية في البلاد. ويقول مراسل بي بي سي في الأرجنتين إن ارتفاع حدة الفقر وضعف احتمالات وضع نهاية للأزمة الاقتصادية التي تمر بها البلاد منذ أربع سنوات، أصابا الشعب الأرجنتيني باليأس ودفعاه للرغبة في التغيير. وفي العاصمة الأرجنتينية بوينس ايريس خرج عشرة آلاف شخص على الأقل إلى الشوارع في حين أغلق مئات المتظاهرين مداخل المدينة. ووردت تقارير بخروج مظاهرات مماثلة في أقاليم أخرى في جميع أنحاء البلاد.

Talking about it: Telling someone about what you have read in your own words is a useful strategy that helps you remember new concepts and absorb new words more quickly.

↪ والآن اختاروا أكثر هذه الأخبار إثارة لاهتمامكم ثم اقرأوه قراءة دقيقة وقدموه لزملائكم في الصف – يمكن أن تكتبوا أدناه النقاط الرئيسية للتقديم:

....

....

....

....

....

....

....

....

....

....

....

....

....

....

....

....

....

....

....

....

٧ القراءة الناقدة

Reading critically: How do you decide whether your news source is biased or not? One of the activities that can help you develop critical reading skills is comparing how a story is presented in different news sources.

الخبران التاليان يتناولان نفس الحدث ولكنهما من مصدرين مختلفين. ضعوا عنوانا مناسبا لكل منهما ثم أجيبوا على الأسئلة أدناه:

أ) ....

شهد عدد من العواصم العالمية مظاهرات احتجاجا على الوجود الأمريكي في العراق. ورفع المتظاهرون شعارات ولافتات يطالبون فيها بإنهاء العمليات العسكرية في العراق ورحيل الجيش الأمريكي من هذا البلد.

ب) ....

اندلعت مظاهرات حاشدة في شتى أنحاء العالم احتجاجا على الاحتلال الأمريكي للعراق. ورفع مئات الآلاف من المتظاهرين شعارات ولافتات يطالبون فيها بإنهاء الاحتلال و انسحاب الجيش الأمريكي من هذا البلد.

١. ما هي المعلومات المشتركة في المصدرين؟

....

....

....

٢. ما هي الاختلافات في الخبرين؟ وماذا يمكن أن تكون الأسباب وراءها؟

....

....

....

....

٣. **ماذا نستطيع أن نستنتج عن كل من الجريدتين ؟ ولماذا؟**

....

....

....

قارنوا بين الخبرين التاليين وأجيبوا على الأسئلة أدناه:

الخبر الأول

مظاهرة لحركة "كفاية" تعطل المرور بالتحرير ومظاهرة مضادة لأنصار الرئيس

قامت مجموعة من أعضاء حركة "كفاية" ظهر أمس بالتظاهر بميدان التحرير مرددين بعض الهتافات المنددة بمرشح الحزب الوطني وأغلقوا الطريق أمام المارة الذين تجمعوا من حولهم، كما تعطلت حركة المرور في ميدان التحرير بسبب تجمع المتظاهرين بنهر الطريق المواجه للمتحف المصري. وفي نفس الوقت تجمع بعض المؤيدين للرئيس أمام متظاهري "كفاية" ورددوا الهتافات المؤيدة لمرشحهم.

الخبر الثاني

كفاية تعلن رفضها المسبق للانتخابات

تظاهر المئات من أنصار حركة المصرية من أجل التغيير "كفاية" احتجاجا على الانتخابات الرئاسية. وبدأت المظاهرة بتجمع المشاركين في ميدان التحرير منذ الساعة الثانية عشر تماما، ورددوا الهتافات الرافضة للانتخابات والرئيس مثل "يا حرية فينك فينك رئيس الدولة بينا وبينك"، و"الانتخاب باطل والحزب الوطني باطل".

١. **علام يدل الفرق في العنوانين؟**

....

....

....

....

٢. ما هي الاختلافات في اختيار المعلومات وترتيبها في كل من الخبرين؟

....

....

....

....

٣. علام تدل الاختلافات في اختيار المعلومات؟ ولماذا؟

....

....

....

....

٤. كيف يشير كل من الخبرين إلى الرئيس؟ ولماذا؟

....

....

....

....

٥. ماذا نستطيع أن نستنتج عن الجريدتين اللتين نشرتا الخبرين؟

....

....

....

....

ابحثوا عن خبر عن مظاهرات في مصدرين مختلفين على الانترنيت (مثلا: bbcarabic.net و aljazeera.net) أو في جريدتين مختلفتين (مثلا الأهرام والمصري اليوم) وقارنوا بينهما.

....
....
....
....
....
....
....
....
....
....
....
....
....
....
....
....
....
....
....
....
....
....
....
....

مراجعة الوحدتين الأولى والثانية

١ أخبار اللقاءات والمؤتمرات

١. أكملوا هذه الأخبار بالمفردات والعبارات المناسبة:

أ) .... مصر الثلاثاء القادم قمة رباعية لدفع عملية السلام في الشرق الأوسط. و............. في أعمال القمة التي .... في مدينة شرم الشيخ الرئيس المصري ورئيس الوزراء الإسرائيلي والرئيس الفلسطيني والعاهل الأردني. وأكدت المصادر أن كل .... وافقت على الدعوة التي و.............ها الرئيس المصري لعقد القمة في الأراضي المصرية.

ب) يجري العاهل الأردني .... اليوم مع الرئيس السوري في ميناء العقبة. و............. الطرفان عملية السلام في الشرق الأوسط و............. الوضع في العراق، إلى جانب ....الملف النووي الإيراني واحتمالات المواجهة العسكرية بين واشنطن وطهران. وقال مسئولون في القصر الملكي الأردني إن المباحثات ستركزعلى فرص استئناف .... السلام.

ج) .... الرئيس المصري اجتماعا مع رئيس وزراء أسبانيا في القاهرة أمس. قد .... المحادثات قضايا الشرق الأوسط وسبل .... العلاقات الثنائية بين البلدين. كما .... إلى المستجدات الأخيرة في الملف الإيراني، وأكد الجانبان ضرورة .... الجهود الدولية لإيجاد حل سلمي لهذه المشكلة.

د) اختتم الرئيس الباكستاني أمس زيارته لليبيا .... خلالها مباحثات مع الزعيم الليبي .... حول ترقية العلاقات الودية بين البلدين. و............. الرئيس الباكستاني في مؤتمر صحفي عقده ظهرا في طرابلس بأن البلدين وقعا .... تعاون اقتصادي و............. إلى أن العلاقات الليبية الباكستانية تلقى اهتماما وتشجيعا كبيرين.

هـ) اتفق .... العرب في ختام قمتهم السابعة عشرة التي .... في الجزائر على تشكيل .... لمتابعة الجهود الرامية لتنفيذ .... السلام العربية التي أقرتها القمة العربية السابقة في بيروت. أكد البيان .... للقمة العربية على ضرورة تحديث الجامعة العربية.

و) .... زعيم حزب الله بشدة تصريحات مبعوث الأمم المتحدة المتعلقة بمطالبه بدمج سلاح المقاومة في الجيش اللبناني. و............. زعيم حزب الله في تصريح .... به للصحفيين أمس على أن موضوع سلاح المقاومة .... على طاولة الحوار الوطني، .... أن تصريحات المبعوث الدولي تعتبر تدخلا في شأن داخلي لبناني وأن هذا أمر مرفوض.

٢. اقرأوا الخبر التالي ثم أجيبوا على الأسئلة:

القمة المصرية الروسية تؤكد ضرورة التحرك العاجل لاستئناف عملية السلام

وسط اهتمام عالمي وإقليمي كبير شهدت العاصمة الروسية موسكو أمس انعقاد اجتماع القمة بين الرئيس المصري والرئيس الروسي. وقد أكد الزعيمان في محادثاتهما وفي المؤتمر الصحفي المشترك الذي عقداه في ختام المباحثات ضرورة التحرك الدولي العاجل والجاد للعودة إلى بذل الجهود من أجل إحلال السلام في الشرق الأوسط. كما أكدت القمة أهمية دعم العلاقات الثنائية في جميع المجالات خاصة زيادة حجم التبادل التجاري والتعاون في مجالات البترول والغاز والاستخدام السلمي للطاقة النووية. وأكد الرئيس المصري في المؤتمر الصحفي المشترك تلاقي المواقف المصرية الروسية تجاه القضايا الإقليمية والدولية ذات الاهتمام المشترك، كما أوضح اتفاق الجانبين على

ضرورة مواصلة التنسيق السياسي وتعزيز التعاون الثنائي في مختلف المجالات. ومن جانبه أكد الرئيس الروسي أن مصر أحد شركاء روسيا البارزين وأن التعاون معها يأتي على رأس أولويات السياسة الخارجية الروسية. كما قال إن بلاده تقف بصورة متواصلة مع استئناف التسوية بالشرق الأوسط وشدد على أن القيادة المصرية يمكنها لعب دور مهم لإقامة السلام بين الفلسطينيين والإسرائيليين وإيجاد الوفاق بين الفلسطينيين.

هذا وفي وقت لاحق أقام الرئيس الروسي مأدبة عشاء مساء أمس على شرف الرئيس مبارك والسيدة قرينته والوفد المرافق قبل أن يغادر الرئيس المصري العاصمة الروسية بسلامة الله متوجها إلى بكين.

أ) ما هي القضايا الرئيسية التي تناولتها القمة المصرية الروسية؟

....

....

....

....

ب) كيف وصف الطرفان العلاقات الثنائية؟ وما هي مجالات التعاون بين البلدين؟

....

....

....

....

ج) ماذا حدث في ختام القمة؟

....

....

....

....

....

٣. اكتبوا نصا لخبر ينشر مع هذه الصورة:

JOSHUA STACHER

....

....

....

....

....

....

....

....

....

....

....

....

....

....

....

٤. للتقديم في الصف: اقرأوا خبرا من اختياركم عن اجتماع أو مؤتمر في موقعين على الإنترنيت وقارنوا بينهما. يمكنكم وضع الأفكار الرئيسية أدناه:

....

....

....

....

....

....

❷ أخبار المظاهرات والإضرابات

١. أكملوا هذه الأخبار بالمفردات والعبارات المناسبة:

أ) شهدت مدن عراقية موجة من المظاهرات الحاشدة .... على نتائج الانتخابات البرلمانية. فقد خرج عشرات الآلاف من المواطنين في .... عقب صلاة الجمعة .... بتغيير المفوضية العليا وإعادة الانتخابات. ورفع المتظاهرون الذين .... في منطقة اليرموك غربي العاصمة بغداد .... ينتقدون فيها عملية تزوير الانتخابات البرلمانية الأخيرة.

ب) شارك مئات الآلاف من .... في أنحاء روسيا في مسيرات .... ومناوئة للإصلاحات التي أعلنت عنها الحكومة. وقد ساند المظاهرات المناوئة للإصلاحات والمطالبة باستقالة الرئيس الروسي وحكومته الحزب الشيوعي والأحزاب اليسارية في البلاد. غير أن الحزب الرئيسي المؤيد للحكومة قام بـ............. مظاهرات أخرى مؤيدة للرئيس الروسي. تشير الأنباء إلى أن الإصلاحات أدت إلى .... من الاحتجاجات التي لم .... روسيا مثيلا لها منذ عشر سنوات مضت.

ج) في تركيا .... الآلاف في عدد من المدن، حيث خرج نحو ألف شخص شرق مدينة اسطنبول .... لدعوة جمعيات يسارية وإسلامية، مطالبين برحيل القوات الأمريكية من العراق. ورفع المتظاهرون ....ولافتات طالبوا فيها بإغلاق معتقل غوانتانامو. وفي القسم الغربي من اسطنبول تظاهر نحو ألف ناشط من اليسار .... بالممارسات الأمريكية في العراق، و............. بـمغادرة الجيش الأمريكي من ذلك البلد.

د) .... كبرى المدن الباكستانية مظاهرات .... احتجاجا على زيارة الرئيس الأمريكي للبلاد ردد خلالها المتظاهرون .... تندد بالسياسة الأمريكية في المنطقة.من جانب آخر شل .... عام معظم أنحاء البلاد احتجاجا على هذه الزيارة. وفي كراتشي جنوبي باكستان، حاول

نحو ١٠٠٠ طالب من حركة "إمامية" الشيعية، .... "عد من حيث جئت"، الاقتراب من القنصلية الأمريكية حيث قتل دبلوماسي أمريكي.

هـ) تواصلت ....العنيفة على قانون العمل الجديد الذي يسمح لأرباب العمل بطرد الشباب من عملهم بعد سنتين من التوظيف في باريس، وظلت جامعة السوربون .... لليوم الرابع على التوالي. و............ الشرطة بالقوة نحو أربعة آلاف شاب تجمعوا خارج أسوار الجامعة للاحتجاج على خطة العمل الجديدة، حيث استعملت .... و............ المسيلة للدموع لتفريقهم.

و) أصدرت الحكومة السيرلانكية حظرا شاملا على جميع .... و............ في البلاد. وجاء قرار .... في أعقاب اندلاع أعمال عنف طائفية في وسط البلاد، وقد ذكرت وكالات الأنباء أن شبابا من السنهال قاموا بأعمال ....والتخريب إذ .... سيارات ودمروا عددا من متاجر يمتلكها المسلمون في بلدة بالقرب من العاصمة كولومبو.

٢. اقرأوا الخبر التالي ثم أجيبوا على الأسئلة:

المعارضة اللبنانية تواصل احتجاجها والحكومة ترفض الاستقالة
يواصل أنصار المعارضة اللبنانية الاحتجاجات وسط العاصمة بيروت تلبية لدعوة تيارات المعارضة وعلى رأسها حزب الله بهدف إجبار الحكومة على الاستقالة وفتح الباب أمام تشكيل حكومة وحدة وطنية. وقد غص وسط بيروت بمئات الآلاف من أنصار المعارضة الذين توافدوا من مناطق مختلفة من البلاد حاملين الأعلام اللبنانية، ورددوا هتافات تطالب برحيل الحكومة. ورافق ذلك التجمع انتشار كثيف للجيش اللبناني والقوى الأمنية. وبدأ الاحتجاج أمس الجمعة بتظاهرة حاشدة تم خلالها ترديد سلسلة من الشعارات الداعية لرحيل الحكومة الحالية. وقد ألقى زعيم التيار الوطني الحر كلمة دعا فيها الحكومة إلى الاستقالة تلبية لمصلحة الشعب الذي قال إنه خرج اليوم للتعبير عن استيائه من أداء الحكومة. وقال إن تيار المعارضة لا يسعى للإطاحة بالحكومة من أجل الاستئثار بالسلطة. وأضاف أن الحكومة الحالية

تسعى إلى تصادم بين القوى السياسية اللبنانية، مشددا على أن رئيس الحكومة يجب أن يستقيل من أجل أن يأتي بدله "سني آخر أكثر قدرة ومعرفة بنسيج الشعب اللبناني". وفي ختام كلمته دعا المتظاهرين – الذين كانوا يهتفون بحماس كبير – إلى الاستمرار بالاحتجاج الذي قال إنه سيكون مفتوحا حتى الإطاحة.

أ) من نظم المظاهرات؟ ولماذا؟

ب) ما هي الانتقادات التي وجهها زعيم المعارضة للحكومة؟

٣. اكتبوا نصا لخبر ينشر مع هذه الصورة:

ABDALLA HASSAN

....
....
....
....
....
....
....
....
....
....

٤. للتقديم في الصف: اقرأوا خبرا من اختياركم عن اجتماع أو مؤتمر في موقعين أو أكثر على الإنترنيت وقارنوا بينهما. يمكنكم وضع الأفكار الرئيسية أدناه:

....
....
....
....
....
....
....
....
....

٣

Elections

أخبار الانتخابات

❶ التمهيد للقراءة

Thinking about the topic: Thinking about the topic before you read activates your background knowledge and can make the text easier to understand.

↰ فكروا في مضمون الصورة وخمنوا مضمون الخبر المصاحب لها، ثم دونوا أفكاركم تحت الصورة وناقشوها مع زملائكم في الصف.

JOSHUA STACHER

انتخابات	elections
مرشح (ج) ون	candidate
ناخب (ج) ون	voter
حملة	campaign
صندوق الاقتراع	voting box
إقبال	participation
صوّت	to vote
نتيجة (ج) نتائج	result
فاز، يفوز	to win
خسر، يخسر	to lose

Key terms: Your understanding of the news you read depends largely on your understanding of key words. Some are listed above. Memorize them before you start reading

٢ القراءة لفهم الأفكار الرئيسية

Reading for main ideas: Reading titles and first sentences in news articles is a good way of getting an overview of what the news item is about. The first sentence often summarizes the main information in the article. Read it carefully, then read the rest of the article, focusing on the words in bold. They are key terms related to the theme.

دونوا المعلومات المطلوبة بعد قراءة الخبر التالي:

١. الخبر الأول

الانتخابات ....

المرشحون ....

النتيجة ....

فوز مرشح الحزب الجمهوري في الانتخابات الرئاسية

أفادت آخر الأنباء بأن **مرشح** الحزب الجمهوري الحاكم حصل على ٥١ في المئة من **أصوات الناخبين** في الاقتراع الشعبي **مقابل** ٤٨ في المئة **لخصمه** الديموقراطي في **الاقتراع الرئاسي** الذي **أجرى** في الثاني من الشهر الجاري. وأفادت لجنة دراسة الناخبين الأمريكيين -وهي مجموعة مستقلة تابعة لجامعة واشنطن- أن نحو ١٢٠ مليون أمريكي **أدلوا بأصواتهم** في الانتخابات ويشكلون ستين في المئة من الناخبين. وقد حصل الرئيس على تأييد

فاز، يفوز، فوز	to win
مرشح (ج) ون	candidate
ناخب (ج) ون	voter
مقابل	versus
خصم (ج) خصوم	rival
اقتراع	voting
أدلى بصوته	to cast a vote
تأييد	support
منافس (ج) ون	competitor

٩٥،٤ مليون ناخب مقابل ٥٥،٩ مليون لخصمه. وفاز مرشح الحزب الجمهوري في ٣١ ولاية في مقابل ٢٠ ولاية فاز بها منافسه الديموقراطي بما فيها العاصمة الفدرالية واشنطن التي لا تتمتع رسميا بوضع ولاية.

٢. الخبر الثاني

الانتخابات ....
المرشحون ....
النتيجة ....

voting centers	مراكز الاقتراع	
participation	إقبال	
counting votes	فرز الأصوات	
statistics	إحصائيات	
to show	أظهر	
absolute majority	أغلبية ساحقة	

انتخابات فيجي

أغلقت مراكز الاقتراع في فيجي أبوابها أمس، في نهاية انتخابات برلمانية وشهدت إقبالا منخفضا على التصويت مقارنة بالانتخابات السابقة. وقد بدأت عملية فرز الأصوات مساء أمس وقال مسئول محلي إن الإحصائيات الأولية أظهرت أن حوالي ٢٤٨ ألف ناخب أدلوا بأصواتهم حتى اليوم، وهو ما يمثل ٥٢٪ من أصل نحو ٤٧٠ ألف ناخب يحق لهم التصويت، مقارنة مع ٧٩٪ أدلوا بأصواتهم في الانتخابات العامة التي جرت عام ٢٠٠١، و٩٣٪ في انتخابات عام ١٩٩٩. وتشير النتائج الأولية إلى فوز مرشحي الحزب الحاكم بأغلبية ساحقة من المقاعد البرلمانية غير أن أحزاب المعارضة أعلنت أنها ستطالب بإعادة الانتخابات نظرا لقلة إقبال الناخبين.

٣. الخبر الثالث

الانتخابات ....

المرشحون ....

النتيجة ....

النتائج الأولية للانتخابات الرئاسية المصرية تشير إلى فوز مرشح الوطني

أكدت التقارير الصادرة عن لجان الفرز **اكتساح مرشح** الحزب الوطني الحاكم **منافسيه** التسعة في الانتخابات الرئاسية التي انتهت أمس. **وأظهرت المؤشرات الأولية** أنه حصل على أكثر من ٧٠ في المئة من أصوات الناخبين في حين **فاز** زعيم حزب الغد بالمرتبة الثانية. وعكست نماذج من النتائج حجم الفارق بين **مرشح** الحزب الحاكم **ومنافسيه** الرئيسيين إذ حصل مرشح الوطني في السيدة زينب على **٩٩٨٧** من مجمل الأصوات البالغ عددها ١٢٨٢٤ **في مقابل** ١٢٣٩ صوتا حصل عليها زعيم حزب الغد الذي احتل المركز الثاني. وتوقعت مصادر برلمانية أن تتم إجراءات **أداء اليمين الدستورية للرئيس المنتخب** خلال الأسبوع المقبل عقب انتهاء أعمال **فرز الأصوات** في وقت متأخر من مساء اليوم الجمعة.

لجنة (ج) لجان	committee
اكتسح	to sweep
مؤشر	indicator
احتلّ	to occupy
يمين	oath
دستور	constitution

٣ فهم تنظيم النص

Understanding text organization: Understanding how sentences are linked in a paragraph will help you to follow the meaning of the text even if you do not know all the words. Pay attention to the linking words (connectors) and what they signal.

elaboration — purpose

إلغاء نتائج الانتخابات في أوكرانيا

أعلن في أوكرانيا أمس إلغاء نتائج الجولة الثانية من الانتخابات الرئاسية. **فقد** قضت المحكمة الدستورية بعدم صحة النتائج **لـ**وجود أدلة على حدوث تجاوزات وتزوير. **على الرغم من** أن مرشح المعارضة حصل على العدد الأكبر من الأصوات في الجولة الأولى وهو ما يعني أنه كان ينبغي انتخابه، **إلا أنه** لم يحصل على نسبة الخمسين في المئة من الأصوات الضرورية لإعلان فوزه بالانتخابات. وقالت المحكمة إنه يتعين إعادة الجولة الثانية من الانتخابات خلال ثلاثة أسابيع تبدأ يوم الأحد المقبل.

denying expectations

What it signals	English translation	Connector
reason	since, because	إذ – بسبب
evidence or elaboration	because	فقد
purpose or reason	to, for	لـ
consequence	therefore	بالتالي
contrasting information	whereas	في حين
explanation, restatement	that is	أي
example	like, as	مثل
contrasting information, denying expectations	but however even though	لكن غير أن بالرغم من . . . إلا أنّ
conclusion or solution	therefore	لذلك فإنه على

٤ القراءة المتعمقة

Highlighting connectors: Highlighting connectors is a strategy that may help you to quickly assess the relationships between the sentences in the text.

اقرأوا الأخبار التالية لفهم الفكرة الرئيسية وعبروا عنها في عنوان تضعونه لكل خبر ثم دونوا المعلومات المطلوبة في الجدول:

أ) ....

انتهت في اندونيسيا **الجولة** الثانية والأخيرة من انتخابات تاريخية لاختيار رئيس جديد للبلاد والتي كانت مليئة بالمفاجآت. فقد واجهت الرئيسة الإندونيسية الحالية **منافسة** شرسة من **مرشح المعارضة** الجنرال الأسبق الذي **فاز** في الجولة الأولى من الانتخابات التي جرت في الخامس من يوليو غير أنه فشل في **تحقيق الأغلبية المطلوبة** ضد **مرشحة** الحرب الحاكم والمرشحين الثلاثة الآخرين. وبالرغم من أن مصادر مقربة من **المراقبين** المحليين والأجانب الذين تم نشرهم في اللجان الانتخابية للتأكد من **نزاهة الانتخابات** أكدت أنهم رصدوا عددا من عمليات **شراء الأصوات والمخالفات** الأخرى إلا أن النتائج تعتبر نهائية.

ب) ....

دعت المعارضة التشادية المجتمع الدولي إلى **عدم الاعتراف بنتائج** انتخابات الرئاسة التي فاز فيها بسهولة الرئيس بولاية ثالثة مدتها خمس سنوات. وأكد تحالف المعارضة في بيان صدر بالعاصمة نجامينا أن الحكومة قامت بعمليات **الرشوة الانتخابية وتزييف النتيجة** ولذلك فإنه على المجتمع الدولي أن يقف إلى جانب الديمقراطية برفضه **الانتخابات المزورة وغير القانونية**. ودعا المتحدث باسم المعارضة الرئيس إلى الحوار مع معارضيه والمتمردين **وإجراء انتخابات جديدة نزيهة وحرة**.

ج) ....

أعرب عدد من مؤيدي الحزب الديموقراطي عن اعتقادهم بأن **مرشح** الحزب الجمهوري **فاز بفترة** رئاسة **جديدة** بسبب تخويفه الشعب الأمريكي إذ كان يحذر دائما من الإرهاب خلال **حملته الانتخابية** كما كان يردد أنه لا يوجد رئيس آخر يستطيع أن يحمي الأمريكيين من خطر الإرهاب. ورغم ذلك فقد أعرب مؤيدو الحزب الديموقراطي عن أملهم في أن يحسن الرئيس من سياسته الخارجية والداخلية من أجل مستقبل كل المواطنين. وجدير بالذكر أن ١٢٠ مليون أمريكي أي ٦٠ بالمئة من الناخبين الذين يحق لهم التصويت أدلوا بأصواتهم في الانتخابات الرئاسية وهو أعلى معدل للإقبال منذ ١٩٦٨.

الانتخابات	الانتهاكات
....	....
....	....
....	....
....	....

والآن اقرأوا الأخبار مرة أخرى للإجابة على الأسئلة التالية:

١. ما هي الانتخابات التي شهدت أسوأ الانتهاكات في رأيكم؟ ولماذا؟

....

....

....

....

....

....

....

....

....

٢. ما هي الإجراءات التي اتخذت لضمان نزاهة هذه الانتخابات؟ وما رأيكم فيها؟

....

....

....

....

....

Personalizing the topic: Thinking about your personal connection to the topic will help you absorb what you learned and internalize new concepts.

٣. ما هي أكثر هذه الانتخابات إثارة لاهتمامكم؟ ولماذا؟

....

....

....

....

....

٤. ما هي تجربتكم الشخصية مع الانتخابات؟

....

....

....

....

....

٥ تنمية المفردات

Vocabulary building: Grouping words together in clusters that are meaningful to you can help you remember and later retrieve new vocabulary.

١. أكملوا الخريطة الدلالية لأخبار الانتخابات.

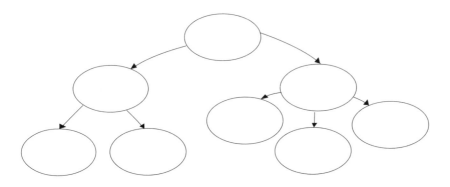

Picture flashcards: Cut out pictures from newspapers and glue them on flashcards. On the back of the card, write the names of the things you see and words you associate with the picture.

٢. اكتبوا الكلمات المتعلقة بالانتخابات والتي تخطر في أذهانكم عند مشاهدة هذه الصورة:

Collocations: When learning vocabulary, it is useful to learn collocations or combinations of words that often occur together.

الكلمات:

٣. ضعوا الأفعال التالية في أماكنها المناسبة بالجدول التالي:

| جرى – صوّت – أجرى – توجه – شارك – خاض – فاز – خسر |
| – زوّر – أدلى – نظّم – انتصر |

الانتخابات	الناخبون	المرشحون
....	....	....
....	....	....
....	....	....

٤. والآن أكملوا بها الجمل التالية:

أ) .... الناخبون بأصواتهم صباح أمس في الانتخابات البرلمانية الأولى في البلاد.

ب) .... الانتخابات الرئاسية اليوم في جو من التوتر العام الذي ساد البلاد.

ج) .... المرشحون معركة انتخابية في جميع الدوائر الانتخابية في البلاد.
د) .... مسئولو الحزب الحاكم نتائج الانتخابات التي جرت الشهر الماضي.
هـ) .... في الانتخابات حوالي ٥٥٪ من المواطنين الذين يحق لهم الانتخاب.
و) .... الناخبون في مصر إلى اللجان الانتخابية صباح اليوم.

٥. وائموا بين الأفعال والأسماء ثم أكملوا الجمل التالية:

• فرز	• بأصواتهم
• أدلى	• الانتخابات
• فاز	• الحملة الانتخابية
• أعلن	• الأصوات
• خاض	• بالانتخابات
• قاطع	• النتيجة

أ) .... الناخبون السعوديون .... في أول انتخابات برلمانية اليوم.
ب) .... أعضاء اللجنة الانتخابية .... الناخبين وستعلن النتيجة صباح الغد.
ج) .... المرشحون .... في كل أنحاء البلاد.
د) .... أحزاب المعارضة .... الرئاسية التي جرت أمس.
هـ) ....مرشح الحزب الحاكم .... الرئاسية التي أجريت الأسبوع الماضي.

٦. ضعوا حرف جر مناسبا في الفراغات التالية:

أ) فاز الرئيس التشادي .... ولاية حكم ثالثة تمتد لخمس سنوات بعد إعلان النتائج النهائية لانتخابات الرئاسة التي جرت في الثالث من مايو/

أيار الجاري. وأعلنت اللجنة الانتخابية حصول ديبي .... ٧٧٫٥٪ من الأصوات.

ب) العراقيون أدلوا .... أصواتهم في أول انتخابات ديموقراطية منذ نصف القرن. وشهدت المناطق الشيعية إقبالا كبيرا .... مراكز الاقتراع بينما بقيت تلك المراكز مغلقة وخالية في المناطق السنية بعد أن دعت هيئات السنة .... مقاطعة الانتخابات.

ج) قال المراسل إن نسبة النساء المشاركات .... الاقتراع الذي بدأ صباح الثلاثاء في كل أنحاء الأردن بلغت ٣٨ ....المئة بينما بلغت نسبة الرجال ٣٥.............المئة فقط خلال الفترة المعنية.

د) ومن المتوقع أن تستمر عملية الاقتراع .... الساعة السابعة مساء بالتوقيت المحلي. وفي حديث لـ CNN قال الناطق ....اسم الانتخابات النيابية في الأردن إن هذه النسبة تعد جيدة بالمقارنة بالانتخابات السابقة.

٧. أكملوا نص هذه الأخبار بالكلمات المناسبة:

أ) بدأ .... الإسرائيليون الإدلاء بـ.............لاختيار ١٢٠ نائبا في البرلمان (الكنيست)، وسط توقعات بـ.............حزب كاديما. وستعلن محطات التلفزيون الثلاث تقديراتها فور إغلاق مراكز ....، على أن تعلن ....الرسمية غدا الأربعاء. وقد دعا الرئيس الإسرائيلي للـ.............بكثافة لأن "لهذا الاقتراع قيمة استفتاء حول قضايا حاسمة في المجالات السياسية والاقتصادية والاجتماعية والوطنية".

ب) أعلن وزير داخلية الأردن .... النهائية لانتخابات المجلس النيابي الأردني والتي.............في المملكة الهاشمية الثلاثاء. وقال في مؤتمر صحفي إن ٢٥ .... في المجلس النيابي الجديد، الذي يبلغ عدد.............ـه ١١٠ مقعدا، ينتمون للأحزاب السياسية المختلفة، أما الباقون فمستقلون

عن الأحزاب. ومن جهته أعلن الأمين العام لحزب جبهة العمل الإسلامي أن حزبه .... بـ ١٧ مقعدا. ويضم المجلس الجديد ست سيدات، وهي نسبة خصصت للسيدات وفقا للقانون الجديد، ولم تفز أي سيدة بمقعد خارج النسبة القانونية المخصصة.

ج) تدخل انتخابات البرلمان الأوروبي الأحد يومها الرابع والأخير حيث **يدلي** .... في ثماني عشرة دولة ....لاختيار .... أوروبي جديد. وانتهت ست دول بالفعل من .... هي بريطانيا وأيرلندا ولاتفيا ومالطا وهولندا وجمهورية التشيك. وأظهر .... أراء الناخبين عقب التصويت مباشرة أن .... يريدون معاقبة حكوماتهم من خلال تأييد مرشحي أحزاب............ وخاض الانتخابات ١٤٧٠٠ ....أملا في .... بعضوية البرلمان الذي يتخذ من ستراسبورغ مقرا له والبالغ عدد مقاعده ٧٣٢ مقعدا لفترة تمتد خمس سنوات.

٨. اكتبوا نصا إخباريا مناسبا لكل صورة مستخدمين المفردات والعبارات في المربع:

تصويت – حملة انتخابية – مرشح – خصم – أدلى بصوته – صناديق الاقتراع – استطلاع الرأي – أظهرت الإحصائيات – فوز – خسر

JOSHUA STACHER

الخبر:

جرت الانتخابات – منافسة – ناخبون – نسبة الإقبال – نتيجة – خسر – انتصر – انتهاكات – نزاهة الانتخابات – مراقبون

الخبر:

JOSHUA STACHER

٦ القراءة السريعة

Skimming: Use your knowledge of the text organization, key vocabulary, and prepositions that go with the main verbs to locate the main ideas quickly. Time yourself. About one minute for each one of the following news items should be enough.

توجه الناخبون العراقيون منذ ساعات مبكرة من صباح اليوم **إلى** مراكز الاقتراع في أول انتخابات برلمانية تشهدها البلاد منذ نصف القرن. **وأدلى الناخبون** العراقيون الذين بدؤوا يتجمعون منذ الساعة السابعة صباحا وسط إجراءات أمنية مشددة **بأصواتهم** في مراكز الاقتراع البالغ عددها ٥١٥٩.

اقرأوا الأخبار التالية قراءة سريعة ثم ضعوا عنوانا لكل منها يعبر عن الفكرة الرئيسية فيها:

الأخبار

أ) ....

تصوت الكويتيات لأول مرة منذ ٤٠ عاما، في انتخابات جزئية ينظر إليها على أنها مؤشر على أدائهن في الانتخابات التشريعية العام القادم، بعد حوالي عام من تمرير البرلمان قانونا يعزز حقوقهن السياسية. ويتعلق الأمر بتجديد مقعد دائرة السالمية الواقعة ١٥ كيلومترا شرقي العاصمة الكويت. وكان البرلمان الكويتي مرر في مايو/ أيار الماضي قانونا يسمح للمرأة بالتصويت والترشح.

ب) ....

دعت المعارضة التشادية المجتمع الدولي إلى عدم الاعتراف بنتائج انتخابات الرئاسة المتوقع أن يفوز فيها بسهولة الرئيس الحالي بولاية ثالثة مدتها خمس سنوات. وأكد تحالف المعارضة في بيان صدر بالعاصمة نجامينا ضرورة وقوف المجتمع الدولي إلى جانب الديمقراطية وذلك باستنكار ورفض "الانتخابات المزيفة". وشبه المتحدث باسم "تحالف الدفاع عن الدستور" الانتخابات التي جرت الأربعاء الماضي بالحفلة

التنكرية، وقال إنها غير قانونية. ودعا المتحدث الرئيس إلى الحوار مع معارضيه والمتمردين وإجراء انتخابات جديدة نزيهة.

ج) ....

بدأت مراكز الاقتراع في فيجي تغلق أبوابها اليوم السبت، في نهاية انتخابات برلمانية خيمت عليها الفوضى، وشهدت إقبالا منخفضا على التصويت مقارنة بالانتخابات السابقة. ولن يبدأ فرز الأصوات قبل يوم الاثنين المقبل، حيث من المقرر أن يبدأ إحصاء العدد النهائي للذين أدلوا بأصواتهم، ومن المرجح أن يكون العدد أقل من آخر مرتين جرت فيهما الانتخابات. وحسب مسؤول محلي فإن الإحصائيات الأولية أظهرت أن حوالي ٢٤٨ ألف ناخب أدلوا بأصواتهم حتى اليوم، وهو ما يمثل ٥٢٪ من أصل نحو ٤٧٠ ألف ناخب يحق لهم التصويت.

د) ....

يشارك الشعب المصري في انتخاب رئيس للبلاد عن طريق الاقتراع المباشر، وذلك عندما يتوجه إلى الصناديق في السابع من سبتمبر/أيلول ٢٠٠٥، لاختيار رئيسه المقبل من بين المرشحين العشرة لانتخابات الرئاسة. وقد أجمعت التيارات المختلفة داخل البلاد على أن حالة جديدة تحدث في "هبة النيل"، وأن مصر بعد ٨ سبتمبر/أيلول ٢٠٠٥ غير تلك قبل ذلك التاريخ. ففي مقابلة مع CNN بالعربية، أكد رئيس حزب التجمع الوطني التقدمي الوحدوي، المعارض والذي قاطع الانتخابات، أن مصر تغيرت وأن أحداً لا يمكنه أن يوقف هذا التغيير.

هـ) ....

أصدرت المحكمة الدستورية التايلندية حكما بعدم شرعية الانتخابات المبكرة التي جرت الشهر الماضي بدعوة من رئيس الـوزراء المنتهية ولايته تاكسين شيناواترا، كما أوصت بإجراء انتخابات جديدة. وقال أحد ١٤ قاضيا نظروا في شرعية الانتخابات إن المحكمة قضت بأغلبية ثمانية أصوات إلى ستة بأن الانتخابات مخالفة للدستور. وأجريت الانتخابات العامة في الثاني من أبريل الماضي إلا أن أحزاب المعارضة الثلاثة الرئيسية قاطعتها. وإثر إعلان بطلان

الانتخابات، رحب الحزب الديمقراطي المعارض بقرار المحكمة وأعلن أنه سيشارك في الانتخابات الجديدة.

Talking about it: Telling someone about what you read in your own words is a useful strategy that helps you remember new concepts and absorb new vocabulary.

↰ والآن اختاروا أكثر هذه الأخبار إثارة لاهتمامكم ثم اقرأوه قراءة دقيقة وقدموه لزملائكم في الصف – يمكن أن تكتبوا أدناه النقاط الرئيسية للتقديم:

....

....

....

....

....

....

....

....

....

....

....

....

....

....

....

....

....

⑦ القراءة الناقدة

Reading critically: When you read, you should be able to evaluate the texts as well as their sources. What are facts and what are opinions in the news you are reading? What is objective reporting? How do you detect bias? One of the activities that can help you develop critical reading is to compare a news event in two or more media sources.

الخبران التاليان يتناولان نفس الحدث ولكنهما من مصدرين مختلفين. ضعوا عنوانا مناسبا لكل منهما ثم أجيبوا على الأسئلة أدناه:

أ) ....

أدلى السعوديون في مدينة الرياض والمحافظات التابعة لها أمس بأصواتهم في انتخابات بلدية تاريخية هي الأولى التي تشهدها البلاد. ولقيت هذه الانتخابات اهتماما عالميا عكسه حجم التغطية الإعلامية الكبيرة. وتوجه الناخبون منذ الصباح إلى مراكز الاقتراع وقدرت المصادر اللجنة الانتخابية نسبة المشاركة بأكثر من ٥٠ في المئة. ومن المتوقع أن تعلن النتيجة بعد ثلاثة أيام. وفي ما يتعلق بمشاركة المرأة قال عضو مجلس الشورى عند إدلائه بصوته: "أنا شخصيا لا أرى مشكلة في إدلاء المرأة السعودية بصوتها في الانتخابات لكن عندما تكلمت مع عدد كبير من قريباتي وجدتهن غير مهتمات بأمر الانتخابات على الإطلاق."

ب) ....

أدلى الناخبون السعوديون في مدينة الرياض والمحافظات التابعة لها أمس بأصواتهم في أول انتخابات بلدية تشهدها المملكة العربية السعودية منذ نشأتها. وتوجه الناخبون الذكور منذ الصباح إلى مراكز الاقتراع وقدرت المصادر اللجنة الانتخابية نسبة المشاركة بأقل من ٥٥ في المئة. ولا يتوقع إعلان النتيجة قبل مرور ثلاثة أيام. وقد انصب اهتمام وسائل الإعلام الأجنبية في عدم مشاركة المرأة في هذه الانتخابات وردد الصحفيون الأجانب الذين حضروا المؤتمر الصحفي المنعقد في مجلس الشورى السؤال التالي: مشهد الديموقراطية في بلدكم اليوم جميل ولكن لماذا منعتم المرأة من التصويت؟

١. ما هي الاختلافات في الخبرين؟ وماذا يمكن أن يكون السبب وراءها؟

....

....

....

....

....

٢. ماذا نستطيع أن نستنتج عن كل من الجريدتين اللتين نشرتا الخبرين؟

....

....

....

....

....

قارنوا بين الخبرين التاليين وأجيبوا على الأسئلة أدناه:

الجريدة الأولى

مسئول أمريكي: انتخابات مصر تاريخية

وصف المتحدث باسم مجلس الأمن القومي في البيت الأبيض الانتخابات الرئاسية التي شهدتها مصر بأنها تمثل خطوة تاريخية إلى الأمام وأكد أن واشنطن تتابع العملية الانتخابية في مصر عن كثب لمعرفة ما سيسفر عنه الأحداث. وأشار إلى أن العملية الانتخابية ناجحة بالرغم من بعض التجاوزات إلا أن الشيء الإيجابي

الجريدة الثانية

واشنطن تشكك في نزاهة الانتخابات المصرية

تشككت واشنطن في نزاهة العملية الانتخابية الأخيرة التي جرت في مصر. وأكد المتحدث باسم مجلس الأمن القومي الأمريكي أن الانتخابات المصرية شهدت تجاوزات كثيرة وفي المقام الأول تحرشات بمرشحي المعارضة وأحداث القمع للمحتجين في الأماكن العامة.وأوضح أنه بالرغم من عدم وجود تقارير كثيرة عن أحداث عنف أو

يتمثل في أن الناخبين المصريين كان في استطاعتهم سماع آراء كثير من المرشحين الذين جابوا البلاد خلال لأسبوع الأخير من الحملة الانتخابية. وقد أفردت الصحف الأمريكية الرئيسية مساحات كبيرة لتقارير عن أحداث يوم الانتخابات الرئاسية في مصر وقال مراسل نيو يورك تايمز في تقرير له من القاهرة إن مما يميز ذلك اليوم حالة الهدوء التي سادت شوارع مصر.

تخويف إلا أن هناك تقارير في بعض مراكز الاقتراع تفيد بأن مسئولي الانتخابات حثوا الناخبين على التصويت لصالح مرشح الحزب الوطني الحاكم. كما تم رصد ملصقات تحمل صوره داخل مقار اللجان. وأكدت واشنطن شعورها بخيبة الأمل نتيجة رفض مصر للمراقبين الدوليين ورغم ذلك فإنها تعتبر الانتخابات خطوة تاريخية هامة.

١. علام يدل الفرق بين العنوانين؟

....

....

....

....

٢. ما هي الاختلافات في اختيار المعلومات وترتيبها في كل من الخبرين؟ وعلام تدل؟

....

....

....

....

٣. ماذا نستطيع أن نستنتج عن الجريدتين اللتين نشرتا الخبرين؟ ولماذا؟

....

....

٤. ما هي الجريدة التي تفضل شراءها يوميا؟ ولماذا؟

ابحثوا عن خبر عن انتخابات في مصدرين على الانترنيت مختلفين (مثلا: aljazeera.net و cnn/arabic.net) أو في جريدتين مختلفتين (مثلا الأخبار والمصري اليوم) وقارنوا بينهما.

٤

Conflicts and Terrorism
أخبار الصراعات والإرهاب

١ التمهيد للقراءة

Using visuals: Before reading a news page, it is helpful to look at any accompanying pictures or graphs. This will give you an idea of the content of the text and prepare you for reading more easily.

↰ فكروا في مضمون الصورة وخمنوا مضمون الخبر المصاحب لها، ثم دونوا أفكاركم تحت الصورة وناقشوها مع زملائكم في الصف.

AL-AHRAM ARCHIVES

حادث (ج) حوادث	incident
فجّر	to explode
انفجر	to go off
سيارة مفخّخة	car bomb
قنبلة (ج) قنابل	bomb
ضحية (ج) ضحايا	victim
مقتل / مصرع	killing
إصابة	wounding
قتيل (ج) قتلى	killed
جريح (ج) جرحى	wounded
دمّر	to destroy

Previewing vocabulary: Previewing vocabulary can help you build predictions about the texts you are going to read.

❷ القراءة لفهم الأفكار الرئيسية

(١) الصراعات

> **Reading for main ideas:** The main facts and figures are usually presented in the title and the first sentence of the article. Read them carefully, then read the rest of the article, focusing on words in bold. They are key terms related to the theme.

↩ دونوا المعلومات المطلوبة في كل مربع بعد قراءة الخبر التالي لها:

١. الخبر الأول

الحادث ....

النتيجة ....

قتلى وجرحى بمفخخات ببغداد وكربلاء

قتل خمسة عراقيين **وأصيب** ١٨ آخرون في **انفجار سيارة مفخخة** وسط مدينة كربلاء جنوب العراق. وأفادت مصادر الشرطة بأن **الانفجار وقع** بالقرب من محطة الحافلات الرئيسة ومبنى المحافظة وسط المدينة. وقد دمّر الانفجار عددا من المباني **وألحق أضرارا مادية** كبيرة بالمحال والسيارات. وكانت الأنباء الأولية ذكرت أن الانفجار أسفر عن **مقتل** ٢١ شخصا على الأقل **وإصابة** أكثر من ٥٠ آخرين.

killed	قتيل (ج) قتلى
wounded	جريح (ج) جرحى
to be wounded	أصيب
to happen	وقع، يقع، وقوع
to destroy	دمّر
to inflict damage	ألحق أضرارا بـ

٢. الخبر الثاني

الحادث ....

النتيجة ....

ثلاثة قتلى و١٦ جريحا في عملية انتحارية شرق تركيا

قتل ثلاثة أشخاص **وأصيب** ١٦ آخرون **بجروح** في فان شرقي تركيا، في **عملية انتحارية** بحسب ما أعلن مسئول حكومي.ونقلت وكالة أنباء الأناضول التركية عن مساعد محافظ المنطقة مصطفى يافوز أنه يعتقد أن **الهجوم عملية انتحارية**، مشيرا إلى أنه **استهدف** سيارة للشرطة البلدية كانت متوقفة أمام قاعة رياضية في المدينة تقع قرب مقر المحافظة. وأضاف أنه تم تحديد هوية اثنين من **القتلى** لكن هوية الثالث لم تعرف بعد. وقال إن أربعة من **الجرحى في حالة خطرة**.

suicide	انتحار
operation	عملية (ج) ات
attack	هجوم
to target	استهدف
identity	هوية
serious	خطر

٣. الخبر الثالث

الحادث ....

النتيجة ....

عمليتان استشهاديتان في الضفة

أفاد مراسل الجزيرة بأن فلسطينيا **فجّر نفسه** على مقربة من مستوطنة كدوميم شرق مدينة قلقيلية الواقعة شمالي الضفة الغربية **مما أدى إلى استشهاده ومقتل** ثلاثة إسرائيليين كانوا في **موقع الهجوم**. وذكر المراسل أن فلسطينيا آخر **استشهد إثر تفجيره عبوة ناسفة** أمام محطة وقود تقع على مدخل مدينة الخليل. وأضاف أن أربع **جثث** محترقة موجودة حاليا قرب المحطة تعود إحداها **لمنفذ العملية**. وذكرت المصادر العسكرية الإسرائيلية أن **منفذ العملية قتل في الانفجار** وكذلك امرأتان ورجل.

استشهاد	martyrdom
فجّر	to explode
أدّى إلى	to lead to
عبوة ناسفة	makeshift explosive
جثة (ج) جثث	corpse
نفّذ	to carry out

٤. الخبر الرابع

الحادث ....

النتيجة ....

مروّع	terrifying	
حرب أهلية	civil war	
لقي مصرعه	to die	
تأثر بـ	to be affected by	
حادث (ج) حوادث	incident	
اعتداء	assault	

مقتل رئيس الوزراء
في عملية مروعة

في عملية تفجير **مروعة** تعد الأكبر من نوعها منذ توقف **الحرب الأهلية** اللبنانية عام ١٩٩٠، **لقي** رئيس الوزراء اللبناني الأسبق (٦٠ عاما) **مصرعه** أمس **متأثرا بجروحه** التي **أصيب** بها نتيجة **الانفجار** الشديد الذي **استهدف** موكبه بعد خروجه من مجلس النواب. كما **لقي** ١٢ **آخرون مصرعهم** وأصيب نحو مائة شخص على الأقل في **حادث الاعتداء** على رئيس الوزراء الأسبق. ورجحت مصادر أمنية لبنانية أن تكون **عملية الاعتداء** قد تمت **بهجوم سيارة مفخخة** على الموكب الذي كان يسبق رئيس الوزراء الأسبق.

(٢) الإرهاب

↰ دونوا المعلومات المطلوبة عن أطراف النزاع ونوع الأعمال القتالية الدائرة بينها في كل مربع بعد قراءة الخبر التالي له:

١. الخبر الأول

أطراف النزاع ....

العمليات العسكرية ....

تجدد القتال في مونروفيا

أفادت الأنباء بأن ثلاثمائة شخص **لقوا حتفهم** وجرح أكثر من ألف آخرين في **معارك طاحنة دارت بين المتمردين والقوات الحكومية** في العاصمة الليبيرية مونروفيا. وقال وزير الصحة الليبيري في تصريح لبي بي سي إن **الخسائر** التي وقعت في صفوف البشر جاءت نتيجة **للقصف العشوائي** الذي قامت به قوات المتمردين. ويخشى السكان من تكرار **القتال العنيف الذي دار** في شوارع المدينة خلال **الحرب الأهلية** مطلع تسعينيات القرن الماضي، وذلك بعد أسبوع من إبرام اتفاق **لوقف إطلاق النار**. هذا وقد اقترح مندوب بريطانيا لدى الأمم المتحدة أن تقود الولايات المتحدة **قوة حفظ سلام** في ليبيريا.

to get killed	لقي حتفه
battle	معركة (ج) معارك
insurgent	متمرد (ج) ون
random shelling	قصف عشوائي
cease-fire	وقف إطلاق النار
peacekeeping force	قوة حفظ السلام

٢. الخبر الثاني

أطراف النزاع ....

العمليات العسكرية ....

المواجهات في الشرطة والمتمردين في اليمن

قتل أحد أفراد **الأمن** اليمني واثنان من **أنصار** الداعية الزيدي **المتمرد** بدر الدين الحوثي في **تبادل لإطلاق النار** وقع بين الجانبين قرب أحد المساجد في محافظة عمران شمالي العاصمة صنعاء. وقال الناطق باسم وزارة الدفاع اليمنية إن **المواجهات** خلفت أيضا خمس إصابات في صفوف قوات الأمن وأربعا في صفوف أنصار الحوثي. كما تمكنت الشرطة من اعتقال اثنين من **المسلحين**.

أمن	security
أنصار	followers
تبادل	to exchange
أطلق النار	to fire
مواجهة (ج) ات	clash
مسلّح	militant

٣. الخبر الثالث

أطراف النزاع ....

العمليات العسكرية ....

استمرار القتال الفلسطيني الفلسطيني

أعلنت مصادر طبية أن ثلاثة فلسطينيين على الأقل قتلوا الاثنين خلال **اشتباكات** بين أعضاء في حركتي حماس وفتح في قطاع غزة. ووصفت هذه **الصدامات** بأنها الأعنف منذ وصول حكومة حماس إلى السلطة. وقالت المصادر في بلدة عبسان بخان يونس أن القتلى الثلاثة هم اثنان من أعضاء فتح في **الأجهزة الأمنية ومسلح** من حماس. أضافت المصادر أن عشرة آخرين ممن شاركوا في القتال أصيبوا. وكانت **أعمال العنف** قد **اندلعت** بعد إخفاق جهود بذلها في مطلع الأسبوع الرئيس الفلسطيني ورئيس الوزراء لحل الخلافات بشأن **السيطرة على** الأمن وإنهاء الأزمة المالية التي تواجه السلطة الفلسطينية. وأوضح المتحدث باسم حماس أن **الاشتباكات اندلعت** بعد أن قام رجال أمن من فتح "**بخطف**" ثلاثة من أفراد الجناح العسكري لحماس، كتائب عز الدين القسام.

clash	اشتباك (ج) ات
clash	صدام (ج) ات
security apparatus	أجهزة أمنية
to break out	اندلع
control	سيطرة
kidnapping	خطف

٤. الخبر الرابع

أطراف النزاع ....

العمليات العسكرية ....

عناصر مسلحة	militants	
مواجهات ضارية	fierce clashes	
ناشط (ج) نشطاء	activist	
توتر	to become tense	
حارب	to fight	
تصاعد	to escalate	

مقتل ١٢٠ من العناصر المسلحة في المواجهات مع القوات الحكومية في الباكستان

أكدت مصادر عسكرية باكستانية أمس مقتل نحو ١٢٠ من **العناصر المسلحة** التي يعتقد بانتمائها لتنظيم القاعدة، وذلك خلال **مواجهات ضارية** بدأت قبل خمسة أيام في مناطق القبائل المحاذية للحدود مع أفغانستان. وقالت المصادر إن خمسة جنود فقط **قتلوا وأصيب** اثنان آخران، في حين قالت مصادر تابعة للجماعات المسلحة إن ٥٥ جنديا حكوميا قتلوا. كما أعلن الجيش الباكستاني أن ١٩ **ناشطا** إسلاميا معظمهم من **المقاتلين** الأجانب قتلوا أمس في المنطقة القبلية الباكستانية في وزيرستان. وقد **اندلعت الاشتباكات** في شمال غرب وزيرستان حيث **توترت الأوضاع** بعد مقتل ٤٠ شخصا الأربعاء الماضي في **قصف** حكومي، قالت السلطات إنهم مقاتلون أجانب وأكد الأهالي أنهم أبرياء من السكان المحليين. وتزامن **تصاعد القتال والتوتر** في باكستان مع ختام زيارة الرئيس الأميركي لباكستان، حيث أشاد بجهود الرئيس الباكستاني في **محاربة** عناصر القاعدة، وطالب بمزيد من العمليات ضد ما أسماه الإرهاب.

٥. الخبر الخامس

أطراف النزاع ....

العمليات العسكرية ....

مقتل وجرح مئات من العراقيين في القصف الأمريكي على الفلوجة

استمرت أمس **إراقة الدماء** في العراق. فقد **شنت قوات الاحتلال** الأمريكي **قصفا عنيفا على** مدينة الفلوجة **معقل المقاومة** الشيعية. تضاربت الأنباء حول أعدادا ضحايا **المذبحة** الأمريكية ضد العراقيين وأعلنت وزارة الصحة العراقية مقتل ١١٤ شخص وإصابة مئات آخرين بجراح مشيرة إلى أن معظم الضحايا من النساء والأطفال. وأكد شهود عيان أن جثث القتلى والجرحى ما زالت غارقة في الدماء في شوارع المدينة. وزعمت قوات الاحتلال الاشتباه في ارتباط ضحايا **الغارات بالتفجيرات** الأخيرة في العراق وادعت أن إحدى **الغارات استهدفت** اجتماعا **لمنظمة إرهابية**. كما واصلت القوات الأمريكية **اعتداءاتها** على عدد من المدن الواقعة في جنوب العراق.

bloodshed	إراقة دماء
stronghold	معقل (ج) معاقل
resistance	مقاومة
massacre	مذبحة (ج) مذابح
air raid	غارة (ج) ات
terrorist organization	منظمة إرهابية

❸ فهم تنظيم النص

Understanding text organization: Your knowledge of the text organization will help you guess the meaning of the words you do not know. Pay attention to the words and expressions that signal this organization. Consider the following examples:

effect — cause

مقتل ٥٠ شخصا في العراق في هجمات دامية

شهد العراق سلسلة من **الهجمات** التفجيرية اليوم **أدت إلى** مقتل ما لا يقل عن ٥٠ شخصا وإصابة عشرات آخرين بجروح. **وقتل** صحفيان بريطانيان **وأصيب** آخر يحمل الجنسيتين الامريكية والبريطانية بجروح بالغة.

victims

cause

وأسفر الهجوم الأعنف بقنبلة على جانب الطريق في بلدة الخالص شمال شرقي العاصمة العراقية بغداد **عن** مقتل ١١ شخصا **وفقا لما أفادت به مصادر** الشرطة العراقية، يعملون جميعهم في قاعدة تملكها حركة مجاهدي خلق الإيرانية المعارضة لحكومة طهران.

sources — effect

- News articles talking about incidents, conflicts, or terrorist acts focus on cause and effect. Pay attention to the words and expressions signaling whether what follows is a cause or an effect. Examples:

Signaling effect	Signaling cause
مما أدى إلى ...	نتيجة لـ
أسفر عن	إثر
ألحق أضرارا بـ	جراء

- Sentences talking about victims are often in the passive voice. The choice of the passive voice indicates that the focus is on the victims and the action of killing and wounding and not on the person doing the action. Example:

Five people were killed and three others wounded	قُتل ٥ أشخاص وأُصيب / جُرِح ٣ آخَرون

- Notice the expression used to cite the sources. Sometimes they will give you an indication whether or not the reporter thinks the source is reliable and information credible:

the sources report	أفادت / ذكرت / أشارت المصادر
according to what is announced	حسب ما أعلن
sources believe it more likely that	ورجحت المصادر
witnesses confirm	وأكد شهود عيان
occupation forces claimed	زعمت قوات الاحتلال
a military source alleged	ادعى مصدر عسكري

- If the report mentions different sources, and the sentences citing them are linked by the connector في حين, or بينما (while, whereas) you can predict that the information that follows will be different from the preceding information. Example:

وقالت المصادر إن خمسة جنود فقط قتلوا وأصيب اثنان آخران، **في حين** قالت مصادر تابعة للجماعات المسلحة إن ٥٥ جنديا حكوميا قتلوا.

٤ القراءة المتعمقة

Reading for detail: Reading for detail is not just about taking in every word on the page. To understand a text well, you need to read actively. Think about how the news story you are reading relates to what you know about the topic and to your opinions about it.

اقرأوا الأخبار التالية لفهم الفكرة الرئيسية وعبروا عنها في عنوان تضعونه لكل خبر ثم دونوا المعلومات المطلوبة في الجدول التالي لها:

أ) ....

أعلنت مصادر أمنية مصرية **مقتل** نحو ٣٠ شخصا **وجرح** ١٥٠ آخرين في ثلاثة **تفجيرات متزامنة هزت** منتجع دهب السياحي على ساحل خليج العقبة جنوب سيناء في السابعة والربع مساء اليوم بالتوقيت المحلي المصري. وذكر التلفزيون المصري أن الانفجارات الثلاثة **ناتجة عن قنابل موقوتة** وليس **عمليات انتحارية**. وتحدث شهود عيان عن تناثر أشلاء **الجثث** في مناطق الهجمات المزدحمة وأن التفجيرات **ألحقت أضرارا جسيمة** بالمطاعم والمحلات التجارية المحيطة بمكان الحادث. كما ذكروا أن التفجيرات وقعت خلال خمس دقائق فقط في مواقع متقاربة للغاية، وأنها **ناجمة عن قنابل** وليست **سيارات مفخخة**. وقال آخر للجزيرة إن عددا كبيرا من **المصابين في حالة خطرة** وقد بدأت عمليات جراحية على الفور لهم، وأضاف أن مواطنين بسيارات خاصة ساهموا في **نقل الجرحى**.

ب) ....

أعلن مصدر عسكري إيطالي أن جنديين لقيا مصرعهما **وأصيب** أربعة آخرين **بانفجار استهدف** قافلتهم في العاصمة الأفغانية كابول اليوم. وكان وزير الدفاع الإيطالي قد أعلن في وقت سابق أن **الحادث وقع بعد انفجار لغم أرضي استهدف** حافلة الجنود خلال مهمة لهم في كابول، مشيرا إلى أنه تم إرسال طائرات مروحية **لنقل القتلى والجرحى**، ومعاينة المنطقة. وأوضح الوزير أن الأجهزة المعنية بدأت إجراءاتها لتحديد نوع **الانفجار**، والجهة التي قد تكون مسئولة عنه.

ج) ....

قتل أربعة إسرائيليين عندما **فجّر فدائي** فلسطيني نفسه قرب مستوطنة كدوميم في الضفة الغربية الليلة الماضية. ومن المتوقع أن **يصعد** جيش **الاحتلال** عملياته ضد **مقاتلي** حركة التحرير الوطني الفلسطيني (فتح)، عقب **عملية** كدوميم التي تبنتها كتائب شهداء الأقصى التابعة لها والتي انتهت **باستشهاد منفذها**. وبعد ساعات قليلة من عملية كدوميم **شنت** طائرات الاحتلال الإسرائيلي **غارة على** قطاع غزة، **قصفت** خلالها طرقا وجسرا يعتقد أن مقاتلين فلسطينيين يستخدمونها **لإطلاق الصواريخ على** إسرائيل، دون أن **تسفر عن وقوع ضحايا**. وجاءت **الغارة** بعد يوم شهد تحركات أمنية واسعة من الجانب الإسرائيلي وبخاصة في شمال القطاع، **بدعوى** منع المسلحين الفلسطينيين من إطلاق صواريخ باتجاهها.

د) ....

قالت الشرطة العراقية إن **هجوما بسيارة مفخخة استهدف** المحطة الرئيسة للحافلات في مدينة كربلاء جنوب بغداد، ما **أدى إلى مقتل** ٢١ شخصا على الأقل **وإصابة** أكثر من ٥٠، حسب المعلومات الأولية. كما **انفجرت مفخختان** أخريان بالعاصمة بغداد صباح اليوم، **خلفت** إحداهما أربعة قتلى و١٦ جريحا بينهم جنود عراقيون في منطقة الأعظمية، **وأدت** الأخرى في نفس المنطقة **إلى** مقتل عراقي وجرح خمسة آخرين.وكانت الساعات الـ ٢٤ الماضية شهدت **هجمات متفرقة، أسفرت عن مقتل** جندي أمريكي وثمانية عراقيين إضافة إلى إصابة أربعة جنود بولنديين. وفي بعقوبة شمال شرق بغداد **اغتال مسلحون مجهولون** عقيل المالكي المنسق بين الأحزاب السياسية في المدينة، حيث كان يرافق زوجته وسط بعقوبة. وفي منطقة مويلحة جنوب بغداد **أدى انفجار عبوة ناسفة** لدى مرور دورية قوة حماية المنشأة **إلى** إصابة ضابط الدورية بجروح.

النص	الضحايا	الحوادث
أ	....	....
ب	....	....
ج	....	....
د	....	....

والآن اقرأوا الأخبار مرة أخرى للإجابة على الأسئلة التالية:

١. من بين الوسائل المستخدمة في الحوادث المذكورة، ما هي الوسيلة التي خلفت أكبر عدد من الضحايا؟

....

....

....

....

....

٢. ما هي الأشياء المشتركة في كل تلك الحوادث؟ وما هي الاختلافات؟

....

....

....

....

....

Taking it personally: What are your thoughts about what you have read? Talk about it. It will help you memorize new vocabulary and internalize new concepts.

٣. ما أكثر هذه الأخبار إثارة لاهتمامكم؟ ولماذا؟

....

....

....

....

٤. ما هي توقعاتكم بالنسبة لتطور الأحداث في كل من الأماكن المذكورة؟ ولماذا؟

....

....

....

....

Headlines: News headlines can give us some indication about the writer's attitudes to an event—for example, the choice of words used in describing an event عملية انتحارية or عملية استشهادية. Are there loaded terms in the headlines? Does stir up your emotions or just offer facts? Think about these issues when reading the headlines.

أجيبوا على الأسئلة ١- ٣ بعد مقارنة العناوين التالية من حيث المفردات المستخدمة فيها وأسلوب كتابة كل منها:

الموضوع	الجريدة الأولى	الجريدة الثانية
أحداث غزة	إسرائيل تصعد ممارساتها الوحشية ضد الفلسطينيين: استشهاد ٥ في القصف الهمجي على غزة	مقتل خمسة فلسطينيين في القصف الإسرائيلي العنيف على غزة
أحداث القدس	مقتل ٣ إسرائيليين في انفجار القدس	تفجير انتحاري بالقدس يودي بحياة ثلاثة أشخاص

١. كيف تختلف المصادر في عرض الأحـداث؟ وما هو السبب لذلك في رأيكم؟

....
....
....
....
....

٢. ماذا يمكن أن نستنتج عن كل جريدة وتوجهاتها السياسية بناء على هذه العناوين؟

....
....
....
....
....

٣. ما هي الجريدة التي تفضلون متابعتها من بين هاتين الجريدتين؟ ولماذا؟

....
....
....
....
....

➥ والآن أجيبوا على الأسئلة ٤- ٦ بعد مقارنة العناوين التالية من حيث المفردات المستخدمة فيها وأسلوب كتابة كل منها:

الموضوع	الجريدة الأولى	الجريدة الثانية	الجريدة الثالثة
١	الفزع يجتاح أمريكا	يوم القيامة في أمريكا	طائرات انتحارية تضرب مبني البنتاجون وتدمر برجي التجارة العالمية في نيو يورك
٢	هجمات انتحارية بالطائرات على مركز التجارة العالمي والبتناجون	٣ طائرات تدمر مركز التجارة العالمي ووزارة الدفاع وانفجارات بالخارجية والكونجرس وإخلاء البيت الأبيض	أمريكا تعلن حالة التأهب القصوى وتتوعد منفذي بيرل هاربور الجديدة

٤. كيف تختلف المصادر في عرض الأحـداث؟ وما هو السبب لذلك في رأيكم؟

....

....

....

....

٥. ماذا يمكن أن نستنتج عن كل جريدة وتوجهاتها السياسية بناء على هذه العناوين؟

....

....

....

....

....

٦. ما هي الجريدة التي تفضلون متابعتها من بين هذه الجرائد؟ ولماذا؟

....

....

....

....

....

....

General vs. Specific: Different news sources may report the same event in different ways. Pay attention to the word choices, and the way information is presented. Are there details, or are the events described in vague and general terms? Remember that each language choice reflects an attitude.

↱ اقرأوا الخبرين التاليين وضعوا عنوانا مناسبا لكلاهما ثم دونوا المعلومات المطلوبة في الجدول:

أ) ....

قامت قوات الجيش الإسرائيلي يوم أمس بعمليات عسكرية في بلدة بيت حانون شمالي قطاع غزة للرد على إطلاق صواريخ قسام نحو بلدة (سديروت). وضمن عملياته العسكرية قام الجيش بإزالة أربعة جسور تربط بين البلدة وبين مدينة غزة. ويقول المسئولون في الجيش الإسرائيلي إن مطلقي صواريخ "قسام" كانوا يمرون بسياراتهم فوق تلك الجسور بهدف إطلاق الصواريخ نحو البلدة الإسرائيلية. ودارت اشتباكات عنيفة بين قوات الجيش الإسرائيلي وبين المسلحين الفلسطينيين وقد أدت إلى مقتل فلسطيني وإصابة ٢٥ آخرين بجراح. وألقيت عدة عبوات ناسفة نحو قوات الجيش وأطلق النار بصورة مكثفة. وتؤكد المصادر العسكرية أن بلدة بيت حانون تعتبر مركزا للنشاطات المعادية لإسرائيل حيث أطلق منها خلال السنة الأخيرة أكثر من ٣٠ صاروخا من طراز "قسام" وحوالي ١٠٠ قذيفة باتجاه المستوطنات والبلدات الإسرائيلية.

ب) ....

شنت قوات الاحتلال يوم أمس هجوما وحشيا على بلدة بيت حانون شمالي قطاع غزة مما أدى إلى تدمير بنيتها التحتية وقتل فلسطينيين وجرح الكثيرين. كما نسف الاحتلال أربعة جسور تربط بيت حانون بمدينة غزة ودمروا جميع الطرق الرئيسية والفرعية المؤدية والمواصلة للبلدة. ودارت معارك ضارية بين قوات الاحتلال الإسرائيلي وبين رجال المقاومة في أكثر من جبهة مما أدى إلى استشهاد حسن فياض وإصابة ٢٥ بجراح. وكانت سبعة صواريخ يدوية الصنع من نوع "قسام" أطلقت الجمعة على مدينة سديروت في صحراء النقب جنوب إسرائيل مما أدى إلى وقوع أضرار مادية طفيفة.

المعلومة	الخبر الأول	الخبر الثاني
أطراف القتال	....	....
الهجوم	....	....
أسباب الهجوم	....	....
الضحايا	....	....

↩ والآن اقرأوا الأخبار مرة أخرى للإجابة على الأسئلة التالية:

١. ما هي الاختلافات في اختيار المعلومات وترتيبها في كل من الخبرين؟ وما هي الأسباب وراء هذه الاختلافات في رأيكم؟

....
....
....
....
....
....

٢. ما هي الاختلافات في اختيار بعض المفردات؟ وعلام تدل هذه الاختلافات في رأيكم؟

....
....
....
....
....
....

٣. ماذا نستطيع أن نستنتج عن كل من المصدرين اللذين نشرا الخبرين؟

....
....
....
....
....
....

٥ تنمية المفردات

Word Maps: To remember new words more easily, make word maps. Instead of writing words in a list, organize them in clusters of related topics and subtopics.

١. أكملوا الخريطة الدلالية لأخبار الصراعات والإرهاب:

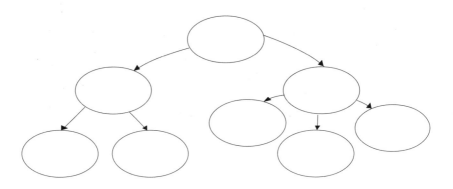

Visuals: Use pictures to help you remember new vocabulary. Cut out pictures from the newspaper and label everything on them. Organize your picture file according to themes.

٢. اكتبوا الكلمات المتعلقة بالصراعات والإرهاب والتي تخطر في أذهانكم عند مشاهدة هذه الصورة:

تصاعد - نظّم - اندلع - نفّذ - نقل - وقع - دار - سقط

JOSHUA STACHER

الكلمات:

Collocations: When learning vocabulary, it is useful to learn words that typically occur together (collocations).

٣. ضعوا كل فعل في المربع في خانة الاسم الذي يستخدم معه ثم أكملوا الجمل التي تحت الجدول:

القتال	العملية	الضحايا
....	....	....
....	....	....
....	....	....

أ) .... القتال بين المتمردين والحكومة صباح أمس.
ب) .... عناصر القاعدة عددا من العمليات المتزامنة في منطقة سيناء.
ج) .... العملية فلسطيني ينتمي إلى حركة الجهاد الإسلامي.
د) .... القتال في عدد من المدن في شمال العراق.
هـ) .... عدد كبير من الضحايا في هجمات متفرقة شنتها القوات الإسرائيلية.
و) .... الجندي الجريح إلى المستشفى على الفور.

٤. ضعوا الكلمات التي تشير إلى نفس الشيء في خانة واحدة:

اعتداء – مقاتل – ضحية – اشتباك – مسلح – هجوم – قنبلة – معركة – مناضل – قتال – قصف – قتيل – قذيفة – جريح – صاروخ

٥. وائموا بين الأفعال والأسماء ثم أكملوا بها الجمل التالية:

• أطلق	• الهجوم
• شن	• القنبلة
• فجر	• أضرارا
• تبادل	• النار
• لقي	• النيران
• ألحق	• مصرعه

١) .... رجال الأمن .... على المتمردين.

٢) .... قوات الجيش .... على قرية في الضفة الغربية.

٣) .... شاب فلسطيني .... مما أدى إلى استشهاده.

٤) .... الحادث .... جسيمة في المباني المحيطة بالانفجار.

٥) .... ٣٠ شخصا .... في انفجار سيارة مفخخة صباح أمس.

٦. ضعوا حرف جر مناسبا في الفراغات التالية:

أ) انفجرت سيارة ملغومة قرب مبنى محكمة في بغداد، ما أدى .... مقتل خمسة أشخاص على الأقل. وأشارت وزارة الدفاع العراقية .... أن الانفجار أسفر أيضا .... إصابة عشرة أشخاص على الأقل .... جراح في الهجوم الذي وقع غربي العاصمة العراقية. كما تعرضت حافلة تقل موظفين حكوميين عراقيين .... الهجوم بغداد حيث أطلق مسلحون مجهولون النار .... الحافلة.

ب) اندلعت معارك جديدة .... ساحل العاج بعد قليل .... توقيع الفصائل المتنازعة هناك .... اتفاق لوقف الحرب الأهلية المستمرة منذ ثمانية أشهر. وقد أصدرت حكومة الوحدة الوطنية التي عينت مؤخرا في ساحل العاج بيانا قالت فيه إن "القوات المسلحة (الحكومية) وقوات المتمردين قد وافقت .... وقف تام للعمليات العسكرية ووقف إطلاق النار". و .... الرغم .... ذلك أشارت تقارير واردة .... غرب البلاد .... أن المعارك لا تزال مستمرة مع اثنين من فصائل المتمردين حيث أدى وجود مقاتلين ليبيريين في المنطقة .... مزيد من التعقيد.

ج) قتل إسرائيليان اليوم .... انفجار وقع .... محيط مزرعة (كيبوتز) عوز نحال المجاور لقطاع غزة. وأوضحت مصادر عسكرية إسرائيلية أن الانفجار الذي نجم .... صاروخ أسفر .... مقتل إسرائيلي وابنه. وفي وقت سابق من اليوم استشهد فلسطيني .... مواجهة مع قوات الاحتلال الإسرائيلي

قرب جنين شمال الضفة الغربية. وقال مصدر طبي فلسطيني إن سامر فرحات (٢٤ عاما) أصيب إصابة قاتلة .... طلقات جندي إسرائيلي أثناء مواجهات اندلعت .... قرية يمون غرب مدينة جنين. وأوضحت مصادر أمنية فلسطينية أن سامر ينتمي .... حركة الجهاد الإسلامي.

٧. أكملوا نص هذه الأخبار بالكلمات المناسبة:

أ) .... ثلاثة عراقيين و .... ١٤ آخرين في هجمات .... اليوم في أنحاء متفرقة من العراق فيما يتم الإعلان عن اكتشاف المزيد من .... في بغداد وضواحيها. وذكرت مصادر طبية وأمنية أن .... مجهولين قتلوا سائق حافلة تابعة لوزارة التعليم العالي. كما قتل مدني يعمل بمحل تجاري بشارع فلسطين شرق بغداد. كما شهدت نفس المنطقة حادثا آخر تمثل في انفجار عبوة .... مما أدى إلى .... عشرة أشخاص.

ب) اشتبكت .... الباكستانية مع مسلحين قرب الحدود الأفغانية دون ورود أنباء عن وقوع .... أو .... حسب ما أفاد به مسؤول سياسي باكستاني بارز. وقال ظهير الإسلام المسؤول السياسي البارز ببلدة ميرانشاه إن القوات الحكومية تسيطر على البلدة في منطقة شمال وزيرستان القبلية حيث .... القتال. وكانت مصادر عسكرية باكستانية أكدت أمس............ نحو ١٢٠ من .... المسلحة التي يعتقد بانتمائها لتنظيم القاعدة وذلك خلال مواجهات .... بدأت قبل خمسة أيام في مناطق القبائل المحاذية للحدود مع أفغانستان. وقالت المصادر إن خمسة جنود فقط قتلوا وأصيب اثنان آخران بـ............، في حين قالت مصادر تابعة للجماعات المسلحة إن ٥٥ جنديا حكوميا قتلوا.

ج) قالت مراسلة الجزيرة في غزة إن قياديا بارزا في لجان المقاومة الشعبية .... في انفجار سيارة كان يستقلها في مدينة غزة ظهر اليوم. وأضافت المراسلة أن الشهيد هو خليل القوقا الملقب بأبي يوسف (٤٢ عاما)، ونقلت عن .... قولهم إن قذيفة واحدة على الأقل أصابت سيارة

الشهيد بمنطقة الناصرة بمدينة غزة. وقد تجمع المئات من الفلسطينيين حول السيارة وهي من طراز سوبارو والتي احترقت و.......... بالكامل. وتقول المراسلة إن السيارة انفجرت على ما يبدو إثر.......... صاروخية .... طائرة حربية تابعة لـ.......... الإسرائيلي.

٨. اكتبوا نصا للخبر المناسب لكل صورة مستخدمين المفردات والعبارات في المربع أعلاها:

> أدى إلى – لقي مصرعه – أصيب بجراح – أسفر عن – أجهزة الأمن – استهدف – وقع الهجوم – ضحايا

الخبر:

اندلعت الاشتباكات - أطلق النار - دارت المعارك - القوات الحكومية - مما أدى إلى - وقف إطلاق النار - قتلى وجرحى

JOSHUA STACHER

الخبر:

٦ القراءة السريعة

Skimming: Remember that skimming involves reading only parts of a text to get an idea of what it is about. Rely on your knowledge of text organization, key vocabulary, and verbs and prepositions to locate main information.

أطلقت المروحيات التابعة للقوات الجوية لجيش الاحتلال الإسرائيلي صباح اليوم صواريخ **على** أهداف في وسط وجنوب قطاع غزة **مما أسفر عن استشهاد** فلسطينيين **وإصابة** أربعة بجروح حالة اثنين منهم خطرة. وعرفت مصادر في حركة الجهاد الإسلامي الشهيدين بأنهما وائل نصار (٢٧ عاما) وأحمد أبو نجم (٢٣ عاما) وهما من كوادرها في سرايا القدس. وقد دعت حركة الجهاد إلى الثأر.

اقرأوا هذه الأخبار قراءة سريعة ثم ضعوا عنوانا لكل منها يعبر عن الفكرة الرئيسية فيها:

الأخبار

أ) ....

اشتبكت القوات الباكستانية مع مسلحين قرب الحدود الأفغانية دون ورود أنباء عن وقوع قتلى أو جرحى حسب ما أفاد به مسؤول سياسي باكستاني بارز. وقال ظهير الإسلام المسؤول السياسي البارز ببلدة ميرانشاه إن القوات الحكومية تسيطر على البلدة في منطقة شمال وزيرستان القبلية حيث اندلع القتال، وإن شيوخ القبائل يحاولون المساعدة في استعادة النظام. وأوضح أن حظر التجول ما زال ساريا اليوم بهدف استعادة الأوضاع الطبيعية سريعا فيما ما تزال مجالس زعماء القبائل تجري محادثاتها أيضا.

ب) ....

أفاد مراسل الجزيرة في غزة أن الجيش الإسرائيلي أطلق قذائف مدفعية على موقع أمني فلسطيني شرق بيت حانون شمال القطاع اليوم مما أسفر عن استشهاد مدني فلسطيني وإصابة عشرة أشخاص. وقال المراسل إن الشهيد

ياسر حسن أبو جراد (٢٨ عاما) يعمل سائقا وكان ينقل أفـرادا من الأمن الوطني الفلسطيني إلى عملهم في الموقع عندما سقطت قذيفة على السيارة ما أدى إلى استشهاده وتدمير السيارة. وأضاف أن قذائف أخرى سقطت على منازل لفلسطينيين وموقع آخر للأمن الوطني الفلسطيني، مشيرا إلى أن الأنباء تحدثت عن إصابة عنصرين أمنيين آخرين.

ج) ....

ارتفع إلى ٢٥ شخصا عدد قتلى عملية انتحارية بسيارة مفخخة استهدفت مقر مديرية الجرائم الكبرى التابعة للشرطة وسط بغداد. وقالت وزارة الداخلية إن منفذ الهجوم توقف بالسيارة عند أول نقطة تفتيش ونفذ التفجير بينما كانت السيارة تخضع للتفتيش. وأضافت مصادر الشرطة إن بين قتلى الهجوم عشرة من رجال الشرطة، مشيرا إلى أن ٣٢ آخرين على الأقل أصيبوا في الانفجار. وتعتبر المديرية التي استهدفها الانفجار مسؤولة عن متابعة الجرائم الكبرى المتعلقة بـ"الإرهاب". وبهذا العدد من القتلى يرتفع إلى ٣٣ قتيلا ضحايا انفجارات عدة هزت العاصمة العراقية اليوم بينهم مدنيون ورجال شرطة، وأسفرت أيضا عن جرح عشرات آخرين.

د) ....

قال شهود عيان إن مسلحين فلسطينيين تبادلوا إطلاق النار مع قوات الأمن الفلسطينية، في أعقاب استشهاد قيادي بارز في لجان المقاومة الشعبية في انفجار سيارته بمدينة غزة. واستشهد خليل القوقا الملقب بأبي يوسف (٤٢ عاماً) جراء انفجار سيارة في منطقة الناصرة أمام جامعة القدس المفتوحة بمدينة غزة. وقالت مراسلة الجزيرة إن تبادل إطلاق النار أدى إلى إصابة طفل وإن الاشتباكات وقعت بعد تصريحات للجان المقاومة اتهمت فيها بعض عناصر قوات الأمن بالتورط في عملية الاغتيال، مشيرة إلى أنه لم يتم تحديد هوية المسلحين.

هـ) ....

قالت القوات الأمريكية في أفغانستان إن حوالي ٢٠ مسلحا وجنديا لقوا حتفهم في معارك ضارية بالمنطقة الجبلية جنوب شرقي أفغانستان اليوم الأربعاء. وأشارت القوات الامريكية الى أن عدد الجرحى والقتلى لايزال غير واضح مشيرة الى أنها

"اعتقلت وتستجوب" ستة من المسلحين. وأضافت القوات الأمريكية في بيان أن الحادث واحد من أسوأ المعارك التي شهدتها أفغانستان منذ عدة أشهر، وقع في إقليم زابول حيث استخدمت مروحيات هليكوبتر لمطاردة نحو ٢٥ مسلحا.

> **Talking about it:** Telling someone about what you read in your own words is a useful strategy that helps you remember new concepts and absorb new vocabulary more quickly.

↰ والآن اختاروا أكثر هذه الأخبار إثارة لاهتمامكم ثم اقرأوه قراءة دقيقة وقدموه لزملائكم في الصف – يمكن أن تكتبوا أدناه النقاط الرئيسية للتقديم:

....

....

....

....

....

....

....

....

....

....

....

....

....

....

....

٧ القراءة الناقدة

Reading critically: How do you decide whether your news source is biased or not? One of the activities that can help you develop critical reading skills is comparing one story in two or more different sources.

↩ الخبران التاليان يتناولان نفس الحدث ولكنهما من مصدرين مختلفين. قارنوا بينهما وأجيبوا على الأسئلة أدناه:

مصادر إسرائيلية تعلن العثور على جثة فلسطيني قرب موقع انفجار العبوة الناسفة في منطقة جنين

قالت مصادر عسكرية إسرائيلية إن قوات الجيش الإسرائيلي عثرت على جثة ناشط فلسطيني قرب مستوطنة "كديم" في منطقة جنين، وذلك بعد انفجار عبوة ناسفة ويبدو أن الفلسطيني قتل عندما حاول إطلاق قذيفة باتجاه سيارة عسكرية إسرائيلية.

شهيد بجنين

استشهد شاب فلسطيني برصاص الاحتلال الإسرائيلي في شرق مدينة جنين بالضفة الغربية الليلة الماضية. وقالت مصادر أمنية فلسطينية إن تبادلا لإطلاق النيران سبق قتل الشاب في اشتباك وقع قرب مستوطنة "كديم" اليهودية. وادعت قوات الاحتلال أن الشهيد قتل لدى تفجيره قنبلة أثناء مرور دورية إسرائيلية نافية أن يكون مقتله نتيجة إطلاق النار عليه. وذكر مصدر عسكري إسرائيلي أن الدورية تعرضت كذلك لإطلاق نار من بنادق آلية لكن أفرادها لم يردوا على مصدر إطلاق النار.

وقال مصدر أمني فلسطيني إن الشهيد رامي حبيز ينتمي إلى سرايا القدس الجناح العسكري لحركة الجهاد الإسلامي، لكن الحركة لم تعلن ذلك بعد.

١. علام يدل الفرق في العنوانين في رأيكم؟

....

....

....

٢. ما هي الكلمات المستخدمة للإشارة إلى الضحية في كل من الخبرين؟

....

....

....

٣. ما هي الكلمات المستخدمة للإشارة إلى الجيش الإسرائيلي؟

....

....

....

٤. ما هي الاختلافات الأخرى بين كل من الخبرين؟ وما هي الأسباب وراءها في رأيكم؟

....

....

....

٥. ماذا نستطيع أن نستنتج عن كل من المصدرين اللذين نشرا الخبرين؟

....

....

....

↰ الخبران التاليان يتناولان نفس الحدث ولكنهما من مصدرين مختلفين. اقرأوهما وضعوا عنوانا لكل منهما:

أ) .... ب) ....

تعقد الحكومة الإسرائيلية صباح اليوم جلسة لمناقشة تداعيات العملية الانتحارية التي وقعت يوم الجمعة في تل أبيب والتي أسفرت عن مقتل أربعة أشخاص وإصابة أكثر من ٥٠ آخرين بجروح متفاوتة. وقد أوضح رئيس الوزراء الإسرائيلي أن حكومته ستقوم بتجميد الاتصالات مع السلطة الفلسطينية في حال عدم محاربتها جماعة الجهاد الإسلامي و باقي الجماعات الإرهابية.

وقال وزير الدفاع الإسرائيلي للإذاعة الإسرائيلية صباح اليوم إن إسرائيل قد تتحرك ضد سوريا لأن الأمر بتنفيذ العملية صدر عن قيادة الجهاد الإسلامي في دمشق.

صعدت إسرائيل من ردود فعلها على عملية تل أبيب الفدائية التي أسفرت عن مقتل أربعة إسرائيليين وجرح أكثر من ٥٠ آخرين فهددت بتجميد عملية السلام مع الفلسطينيين وبمهاجمة أهداف في سوريا كما أعلنت حالة التأهب في تل أبيب. وفي أحدث تصريح إسرائيلي بعد العلمية هدد رئيس الوزراء بتجميد خطوات السلام مع الفلسطينيين ما لم يشن الرئيس الفلسطيني حملة للقضاء على المنظمات الفلسطينية. ومن جانبه قال وزير الدفاع إن إسرائيل هاجمت في السابق أهدافا في سوريا وسوف تفعل ذلك ثانية إذا شعرت أن ذلك سيوقف الفصائل الفلسطينية المتمركزة في سوريا عن مهاجمة أهداف إسرائيلية.

والآن اقرأوهما مرة ثانية للإجابة على الأسئلة التالية:

١. ما هي الاختلافات في اختيار المعلومات وترتيبها في كل من الخبرين وما هو السبب وراء هذه الاختلافات في رأيكم؟

....

....

....

....

....

٢. ما هي الاختلافات في اختيار بعض المفردات وعلام تدل هذه الاختلافات في رأيكم؟ علام تدل الاختلافات في اختيار المعلومات؟

....

....

....

٣. ماذا نستطيع أن نستنتج عن كل من المصدرين اللذين نشرا الخبرين؟

....

....

....

← ابحثوا عن خبر عن صراعات أو إرهاب أو اشتباكات في مصدرين مختلفين على الانترنيت (مثلا: aljazeera.net و cnn/arabic.net) أو في جريدتين مختلفتين (مثلا الأهرام والوفد) وقارنوا بينهما.

....

....

....

....

....

....

....

....

....

....

....

....

مراجعة الوحدتين
الثالثة والرابعة

❶ أخبار الانتخابات

١. أكملوا هذه الأخبار بالمفردات والعبارات المناسبة:

أ) بدأ الناخبون في سنغافورة اليوم السبت .... بأصواتهم في انتخابات عامة. و............ في الانتخابات نحو ١,٢ مليون مواطن. وقال محللون إنه من المحتمل أن يفوز .... الحزب الحاكم رئيس الوزراء في أول انتخابات ....ـها منذ تعيينه رئيسا للوزراء في أغسطس/آب في ضوء ما تعيش فيه البلاد من رفاهية.

ب) يتوجه .... الإيطاليون اليوم إلى صناديق .... في انتخابات تشريعية حاسمة وسط تنافس محموم بين مرشح اليمين رئيس الوزراء الحالي ومرشح يسار الوسط. وحسب .... الرأي فإن ربع الناخبين تقريبا لم يحددوا حتى الآن لمن سـ............ في الانتخابات التي تستمر يومين. وسيدلي ٥٠ مليون إيطالي .... بعد .... انتخابية طغت عليها لغة الأرقام والتجريح المتبادل.

ج) أفادت أرقام نشرت ليلة أمس أن مرشح الحزب الجمهوري الحاكم حصل على ٥١ في المئة من أصوات الناخبين في الاقتراع الشعبي مقابل ٤٨ في المئة لـ............ـه الديموقراطي في الاقتراع الرئاسي الذي .... في الثاني من الشهر الجاري. وأفادت لجنة دراسة الناخبين الأمريكيين وهي مجموعة مستقلة تابعة لجامعة واشنطن أن نحو ١٢٠ مليون أمريكي أدلوا بأصواتهم في الانتخابات ويشكلون ستين في المئة من الناخبين. وقد

.... الرئيس على تأييد ٤،٩٥ مليون ناخب .... ٥٥،٩ مليون لخصمه. و........... مرشح الحزب الجمهوري في ٣١ ولاية.

د) أغلقت مراكز الاقتراع في فيجي أبوابها أمس، في نهاية انتخابات برلمانية وشهدت .... منخفضا على التصويت مقارنة بالانتخابات السابقة. وقد بدأت عملية ....الأصوات مساء أمس وقال مسئول محلي إن ....الأولية أظهرت أن حوالي ٢٤٨ ألف ناخب أدلوا بأصواتهم حتى اليوم، وهو ما يمثل ٥٢٪ من أصل نحو ٤٧٠ ألف ناخب .... لهم التصويت، مقارنة مع ٧٩٪ أدلوا بأصواتهم في الانتخابات العامة التي جرت عام ٢٠٠١، و٩٣٪ في انتخابات عام ١٩٩٩. وتشير النتائج الأولية إلى فوز مرشحي الحزب الحاكم .... ساحقة من المقاعد البرلمانية.

هـ) أكدت التقارير الصادرة عن لجان الفرز اكتساح مرشح الحزب الوطني الحاكم ....ـه التسعة في الانتخابات الرئاسية التي انتهت أمس. و........... المؤشرات الأولية أنه حصل على أكثر من ٧٠ في المئة من أصوات الناخبين في حين فاز زعيم حزب الغد .... الثانية. وعكست نماذج من النتائج حجم الفارق بين مرشح الحزب الحاكم ومنافسيه الرئيسيين إذ حصل مرشح الوطني في السيدة زينب على ٩٩٨٧ من مجمل الأصوات البالغ عددها ١٢٨٢٤ في مقابل ١٢٣٩ صوتا حصل عليها زعيم حزب الغد الذي .... المركز الثاني. وتوقعت مصادر برلمانية أن تتم إجراءات أداء...........الدستورية للرئيس المنتخب خلال الأسبوع المقبل.

و) انتهت في إندونيسيا .... الثانية والأخيرة من انتخابات تاريخية لاختيار رئيس جديد للبلاد. و........... الرئيسة الإندونيسية الحالية منافسة شرسة من مرشح .... الجنرال الأسبق الذي فاز في الجولة الأولى من الانتخابات التي جرت في الخامس من يوليو ولكنه فشل في تحقيق الأغلبية المطلوبة ضد مرشحة الحرب الحاكم والمرشحين الثلاثة الآخرين. أفادت مصادر مقربة من .... المحليين والأجانب الذين تم

نشرهم في اللجان الانتخابية للتأكد من .... الانتخابات بأنهم رصدوا عددا عمليات شراء الأصوات والمخالفات الأخرى.

٢. اقرأوا الخبر ثم أجيبوا على الأسئلة التالية:

فوز امرأة في أول انتخابات تشريعية في الإمارات

أظهرت نتائج رسمية في الإمارات العربية المتحدة فوز امرأة إلى جانب ثلاثة مرشحين عن إمارة أبوظبي في أول انتخابات تشريعية جزئية في البلاد. ودعي ١٧٤١ ناخبا بينهم ٣٨٢ امرأة للمشاركة في الانتخابات الجزئية التي جرت السبت في إماراتي أبوظبي والفجيرة على أن تتواصل الاثنين في دبي ورأس الخيمة قبل أن تنتهي الأربعاء في عجمان والشارقة وأم القيوين. وجاء فوز المرشحين الأربعة في أبوظبي من جملة ٩٩ مرشحا بينهم ١٤ امرأة على أربعة مقاعد من المجلس الوطني الاتحادي. وأظهرت النتائج الرسمية للعملية الانتخابية أن نسبة المشاركة بلغت في أبوظبي ٦٠٪، في حين بلغت أكثر من ٨٠٪ في الفجيرة. وأقيم في كل إمارة مركز واحد للاقتراع يجري التصويت فيه إلكترونيا. ويختار الناخب مرشحيه على شاشة قبل أن يثبت خياره. وسمع في الانتخابات الأولى التي أجمع كثيرون على اعتبارها خطوة أولى تاريخية أصوات انتقدت سير الانتخابات وحيثياتها واعتبر مرشح فضل عدم الكشف عن اسمه أن "الانتخابات ناقصة لأنها لا تشمل الجميع". من جانبه قال المرشح محمد عبد العزيز السويدي إن "الانتخابات يجب أن تكون للمواطنين عامة وليس لعدد محدود من الأشخاص وذلك لكي تكتمل العملية الديمقراطية". ومنذ إعلان قيام الاتحاد عام ١٩٧١، كان أعضاء المجلس الاتحادي الأربعون الذين تمتد ولايتهم عامين يعينون من جانب حكام الإمارات.

أ) لماذا تعتبر هذه الانتخابات خطوة تاريخية؟

....

....

....

....

ب) ما هي بعض السلبيات التي ظهرت في هذه الانتخابات؟

....

....

....

....

....

ج) كيف تختلف هذه الانتخابات عن الانتخابات في بلادكم؟

....

....

....

....

....

٣. اكتبوا نصا لخبر ينشر مع هذه الصورة:

JOSHUA STACHER

....

....

....

....

....

....

....

....

....

٤. للتقديم في الصف: اقرأوا خبرا من اختياركم عن اجتماع أو مؤتمر في موقعين على الإنترنيت وقارنوا بينهما. يمكنكم وضع الأفكار الرئيسية أدناه:

....

....

....

....

....

....

....

....

....

....

....

....

....

٢ أخبار الصراعات والإرهاب

١. أكملوا هذه الأخبار بالمفردات والعبارات المناسبة:

أ) قتل خمسة عراقيين وأصيب ١٨ آخرون في انفجار سيارة ....وسط مدينة كربلاء جنوب العراق. وأفادت مصادر الشرطة بأن الانفجار .... بالقرب من محطة الحافلات الرئيسة ومبنى المحافظة وسط المدينة. وقد ....الانفجار عددا من المباني وألحق .... مادية كبيرة بالمحال والسيارات. وكانت حصيلة سابقة ذكرت أن الانفجار أسفر عن .... ٢١ شخصا على الأقل وإصابة أكثر من ٥٠ آخرين.

ب) قتل ثلاثة أشخاص و............. ١٦ آخرون .... في فان شرقي تركيا، في عملية انتحارية بحسب ما أعلن مسئول حكومي. ونقلت وكالة أنباء الأناضول التركية عن مساعد محافظ المنطقة مصطفى يافوز أنه يعتقد أن الهجوم .... انتحارية، مشيرا إلى أنه .... سيارة للشرطة البلدية. وأضاف أنه تم تحديد هوية اثنين من ....لكن هوية الثالث لم تعرف بعد. وقال إن أربعة من الجرحى في حالة خطرة.

ج) قالت الشرطة العراقية إن هجوما بسيارة مفخخة .... المحطة الرئيسة للحافلات في مدينة كربلاء جنوب بغداد، ما ....إلى مقتل ٢١ شخصا على الأقل. وكانت الساعات الـ٢٤ الماضية شهدت هجمات ....، أسفرت عن مقتل جندي أميركي وثمانية عراقيين إضافة إلى إصابة أربعة جنود بولنديين. وفي بعقوبة شمال شرق بغداد .... مسلحون مجهولون عقيل المالكي المنسق بين الأحزاب السياسية في المدينة، حيث كان يرافق زوجته وسط بعقوبة. وفي منطقة مويلحة جنوب بغداد أدى انفجار .... ناسفة إلى إصابة ضابط الدورية بجروح.

د) أفادت الأنباء بأن ثلاثمائة شخص .... حتفهم وجرح أكثر من ألف آخرين في .... طاحنة دارت بين المتمردين والقوات الحكومية في

العاصمة الليبيرية. وقال وزير الصحة الليبيري في تصريح لبي بي سي إن الخسائر التي وقعت في صفوف البشر جاءت نتيجة .... العشوائي الذي قامت به قوات المتمردين. ويخشى السكان من تكرار .... العنيف الذي دار في شوارع المدينة خلال الحرب الأهلية، وذلك بعد أسبوع من إبرام اتفاق لوقف............. النار.

هـ) استمرت أمس .... الدماء في العراق. فقد .... قوات الاحتلال الأمريكي قصفا عنيفا على مدينة الفلوجة. تضاربت الأنباء حول أعداد .... المذبحة الأمريكية ضد العراقيين. وأكد شهود عيان أن .... القتلى والجرحى ما زالت في شوارع المدينة. وزعمت قـوات............. الاشتباه في ارتباط ضحايا الغارات بالتفجيرات الأخيرة في العراق.

و) أعلنت مصادر طبية أن ثلاثة فلسطينيين على الأقل قتلوا الاثنين خلال .... بين أعضاء في حركتي حماس وفتح في قطاع غزة. ووصفت هذه .... بأنها الأعنف منذ وصول حكومة حماس إلى السلطة. وقالت المصادر في بلدة عبسان بخان يونس ان القتلى الثلاثة هم اثنان من أعضاء فتح في الأجهزة الأمنية و............. من حماس. أضافت المصادر أن عشرة آخرين ممن شاركوا في القتال أصيبوا. وكانت أعمال العنف قد .... بعد إخفاق جهود بذلها في مطلع الأسبوع الرئيس الفلسطيني ورئيس الوزراء لحل الخلافات بشأن .... على الأمن وإنهاء الأزمة المالية التي تواجه السلطة الفلسطينية.

٢. اقرأوا الخبر ثم أجيبوا على الأسئلة التالية:

مصرع ثلاثة جنود أمريكيين وقتلى وجرحى بانفجار ببغداد

أعلن الجيش الأمريكي أن ثلاثةً من مشاة البحرية قتلوا في هجومين منفصلين بالعراق. وقال الجيش في بيان له إن جنديين لقيا حتفهما الأربعاء وأصيب آخر عند انفجار قنبلة على جانب الطريق لدى مرور دورية راجلة إلى الجنوب الغربي من بغداد. وأدى انفجار قنبلة مماثلة إلى قتل جندي وإصابة اثنين شرقي العاصمة، وذلك وفق ما أكده

بيان آخر للجيش. وكان الجيش الأميركي فد أعلن مقتل ثلاثة من جنوده في العراق أمس، كما لحقت خسائر أخرى بالقوات الأجنبية، حيث قتل جنديان من لاتفيا وجرح ثلاثة آخرون بانفجار قنبلة استهدفت عربتهم المدرعة في الديوانية جنوب شرق بغداد. وبمقتل الجنود الستة يرتفع إلى ٢٩٨٢ عدد القتلى في صفوف العسكريين الأمريكيين في العراق منذ بدء الغزو في مارس/ آذار ٢٠٠٣. ومن ناحية أخرى قتل أربعة أشخاص وأصيب أربعة آخرون بجروح اليوم الخميس عندما انفجرت عبوتان ناسفتان بشكل متزامن في سوق شعبية بمنطقة باب الشرقي وسط بغداد. ولقي ثمانية أشخاص حتفهم أمس وأصيب ١٠ آخرون في انفجار سيارة مفخخة بمنطقة الطالبية قرب مدينة الصدر ببغداد. كما أعلنت الداخلية العراقية العثور على نحو ٤٠ جثة في مناطق مختلفة من بغداد تحمل آثار أعيرة نارية معظمها يحمل آثار تعذيب. وشهدت العاصمة العراقية وضواحيها هجمات واشتباكات أخرى متفرقة أمس، منها اشتباك مسلح بمنطقة السيدية، وهجوم مسلح بحي اليرموك استهدف حافلة تقل موظفين في وزارة التعليم العالي أسفر عن جرح شخصين. وفي بلدة الصويرة جنوب بغداد قتل ثلاثة من جنود الجيش العراقي في انفجار قنبلة.

أ) ما هي أكبر حادثة من بين حوادث الانفجار المذكورة؟

....

....

....

....

....

ب) ما هي الحوادث الأخرى التي ذكرت؟

....

....

....

....

ج) ما هي حصيلة الضحايا في الأحداث المذكورة ؟

٣. **اكتبوا نصا لخبر ينشر مع هذه الصورة:**

JOSHUA STACHER

٤. للتقديم في الصف: اقرأوا خبرا من اختياركم عن اجتماع أو مؤتمر في موقعين على الإنترنيت وقارنوا بينهما. يمكنكم وضع الأفكار الرئيسية أدناه:

....
....
....
....
....
....
....
....
....
....
....
....
....
....
....
....
....
....
....
....
....
....

Trials
أخبار القضاء والمحاكمات

١ التمهيد للقراءة

Thinking about the topic: Thinking about the topic before you read and talking about what you know about it activates your background knowledge and can make the text easier to understand.

فكروا في مضمون الصورة وخمنوا مضمون الخبر المصاحب لها، ثم دونوا أفكاركم تحت الصورة وناقشوها مع زملائكم في الصف.

JOSHUA STACHER

محكمة (ج) محاكم	court
قاضٍ (ج) قضاة	judge
محامٍ (ج) ون	attorney
مدّعٍ (ج) ون	prosecutor
متّهمٌ (ج) ون	defendant
جريمة (ج) جرائم	crime
عقاب	punishment
اتّهم	to accuse
حقّق	to investigate
سجن، يسجن	to imprison
أفرج عن	to set free

Previewing vocabulary: Learn some of the vocabulary related to the theme before you start reading the texts. Start with the words in the box above and think about what you expect to find in the text containing these words.

❷ القراءة لفهم الأفكار الرئيسية

(١) التهم والمتهمون

↰ دونوا المعلومات المطلوبة بعد قراءة الخبر التالي له:

١. الخبر الأول

المتهم ....

التهمة ....

حبس ٣١ من الإخوان

أمر **المحامي العام الأول لنيابة أمن الدولة العليا بحبس** ٣١ من قيادات وكوادر وعناصر جماعة الإخوان المحظورة وذلك بعد أن **ألقت أجهزة الأمن القبض على** ١٤٠ من العناصر الإخوانية عقب العرض العسكري الذي أقامه الطلاب المنتمون للجماعة المحظورة داخل جامعة الأزهر يوم الأحد الماضي بهدف إثارة الشغب وفرض أوضاع غير شرعية في الجامعة. وقد **وجهت النيابة** لأول مرة لعناصر الإخوان **تهمة** الإرهاب واللجوء للعنف لتحقيق أهداف الجماعة غير المشروعة وكذلك **تهم** الانضمام لجماعة محظور نشاطها وحيازة عدد كبير من الأسلحة البيضاء. وكانت نيابة أمن الدولة قد بدأت **تحقيقات** مساء أمس الأول مع قيادات و عناصر جماعة الإخوان المحظورة وأشارت إلى أن ٢٧ من عناصر الإخوان امتنعوا

محامٍ (ج) ون	attorney
نيابة	prosecution
محظور	illegal
ألقى القبض على	arrest
شرعي	legal
تهمة (ج) تهم	accusation
تحقيق (ج) ات	investigation
أدلى بأقواله	to testify
أنكر	to deny
حقّق	to investigate
مقبوض عليه	arrested

عن **الإدلاء بأقوالهم** في التحقيقات بينما **أنكر** ثلاثة من الطلاب صلتهم بالجماعة المحظورة و أحداث الشغب التي شهدتها الجامعة يوم الأحد الماضي. ومن المنتظر أن **تحقق النيابة مع** ١٠٩ من باقي العناصر الإخوانية **المقبوض عليهم.**

٢. الخبر الثاني

المتهم ....

التهمة ....

القبض على ٤ شبان مسلمين في الدانمارك

ألقت الشرطة الدانماركية القبض على أربعة شبان مسلمين **بتهمة** مساعدة **معتقلين** اثنين في البوسنة **ضالعين في** التخطيط **لتنفيذ** عمليات تفجير في إحـدى دول البلقان أو الدول الأوروبية. **ووجه الإدعاء العام** الدانماركي **تهمة** "التحريض على تنفيذ أعمال إرهابية" إلى **الموقوفين** الأربعة. وقال **الادعـاء** إنه سيقدم **دليل إدانـة** يتمثل في تسجيلات لمكالمات هاتفية عبر شبكة الإنترنت تؤكد علاقة **المتهمين** الأربعة بالمتهمين اللذين تم **اعتقالهما** في البوسنة. السلطات البوسنية قد أعلنت عثورها على متفجرات يدوية الصنع ذات فاعلية قوية معدة لحشوها في حزام ناسف خلال **مداهمتها** شقة في أكتوبر/تشرين الأول من العام الماضي. **وفي حالة إدانتهم** سيواجه **المتهمون** الأربعة الذين تتراوح أعمارهم بين

معتقل	detainee
ضالع	involved, implicated
نفّذ	to carry out
ادعاء	prosecution
وجّه تهمة	to accuse, file charges
موقوف	detained
أدان	to pronounce guilty
عقوبة	punishment, sentence
سَجْن	imprisonment
إقامة	residence

١٧ و٢١ سنة **عقوبة بالسجن،** فيما طالب **المدعي العام** بإسقاط الجنسية الدانماركية عن **المتهمين** وإلغاء **الإقامة** الدائمة لمتهم ثالث بوسني الجنسية.

٣. الخبر الثالث

المتهم ....

التهمة ....

إمبراطور النفط وراء القضبان

تواصل النيابة الروسية **تحقيقاتها** مع إمبراطور النفط مخائيل خودوركوفسكي البالغ من العمل ٤١ عاما، الذي **اعتقل** في مطار سيبيريا في أوكتوبرالماضي، **ووجهت إليه تهمة التهرب الضريبي والاحتيال،** وهي تهم ينظر إليها كثيرون باعتبارها سياسية بهدف **الزج به في السجن** فترة طويلة تكفي لمنعه من أن يتحول إلى عامل حاسم في الانتخابات الرئاسية عام ٢٠٠٨. ومن المتوقع أن تصبح محاكمة خودوركوفسكي، مؤسس أكبر شركة نفط في البلاد، أكبر **عملية قضائية** في تاريخ روسيا ما بعد الشيوعية.

قضبان	bars
واصل	to continue
تهرب ضريبي	evading taxes
احتيال	fraud
زجّ به في السجن	to throw in jail
عملية قضائية	legal process

(٢) المحاكمات

دونوا المعلومات المطلوبة بعد قراءة الخبر التالي له لاستخراج المعلومات الرئيسية المتعلقة بالجريمة التي ارتكبت والعقاب الذي ستحدده المحكمة لها.

٤. الخبر الـرابع

الجريمة ....

العقاب ....

بدء محاكمة نجم الغناء العالمي في كاليفورنيا

تبدأ الاثنين محاكمة المغني الأمريكي المشهور **في تهم التحرش الجنسي** بأطفال. وقد انتهت عملية اختيار **هيئة المحلفين،** وستبدأ **محاكمة** نجم الغناء العالمي بمدينة سانت ماريا بولاية كاليفورنيا، في الرابعة والنصف مساء. **وينكر المتهم تهم** التحرش الجنسي بصبي في الثالثة عشرة من عمره، وإغرائه بشرب الخمر، والتآمر لاحتجازه وأسرته كرهائن. ويمكن للمحاكمة أن تستغرق ستة أشهر، **وفي ما إذا ثبتت التهم عليه** فإنه قد **يتعرض للسجن** لمدة تصل إلى ٢١ عاما. وعقب اختيار **هيئة المحلفين** قال **قاض بالمحكمة العليا** إنه يواجه احتمالا قويا بسوء تصرف المحلفين في هذه القضية التي ستحظى باهتمام عام كبير. وحذر القاضي المحلفين من التحدث إلى أي شخص عن القضية، حتى لا يصبحوا جزءا من "سيرك" الإعلام.

تحرش	harassment
هيئة المحلفين	jury
محاكمة	trial
ثبت، يثبت، ثبات	to prove
المحكمة العليا	supreme court

٥. الخبر الخامس

الجريمة ....

العقاب ....

to postpone	أجّل	
to put on trial	حاكم	
intentionally	عمدا	
the defense	الدفاع	
to release	أفرج عن	
bail	كفالة	
criminal court	محكمة الجنايات	
innocence	براءة	
death penalty	إعدام	
firing squad	رميا بالرصاص	
to appeal	استأنف	

تأجيل محاكمة الممرضات البلغاريات في ليبيا

تأجلت في طرابلس بليبيا الثلاثاء، والى يوم ٢٩ من أغسطس/آب، **محاكمة** الممرضات البلغاريات الخمس والطبيب الفلسطيني، **المتهمين** بالتسبب **عمدا** في إصابة أكثر من ٤٠٠ طفل بفيروس الإيدز. ورفضت المحكمة مرة أخرى طلب **الدفاع** **الإفراج عن المتهين بكفالة**. وحضر كل **المتهمين** الجلسة، في ظل اجراءات أمنية مشددة، كما فرض رجال الشرطة طوقا أمنيا حول مبنى **محكمة الجنايات** في طرابلس. وكان قد **حُكم على المتهمين**، الذين يصرون على **براءتهم، بالإعدام رميا بالرصاص** في مايو/أيار عام ٢٠٠٤، ثم **استؤنف الحكم** وجرت إعادة محاكمتهم. ويقول المتهمون الستة إن إصابة الأطفال نجمت عن تدني مستوى النظافة في المستشفى، وإنهم تعرضوا للتعذيب **للإدلاء باعترافات**. وقد **وُجهت لهم الاتهامات** بحقن ٤٢٦ من الأطفال بدم ملوث بالإيدز خلال عملهم بمستشفى في بنغازي أواخر التسعينات، وقد توفي ٥٢ منهم منذ ذلك الحين.

٦. الخبر السادس

الجريمة ....

العقاب ....

رئيس الوزراء الإيطالي متهم بالفساد

بدأت **محكمة** في ميلان مداولاتها اليوم الجمعة تمهيدا **لإصدار قرار** بشأن ما إذا كان يتعين محاكمة رئيس الوزراء الايطالي **بتهمة الفساد**. ومن المنتظر أن **تصدر المحكمة قرارا** أيضا بشأن محاكمة ١٣ مسؤولا آخر **متهمين بتهمة التهرب الضريبي والاختلاس وغسيل الأموال**. ومن بين هؤلاء الذين قد يخضعون للملاحقة القانونية زوج وزيرة في الحكومة البريطانية. وقد **نفى جميع المتهمين ارتكاب أعمال غير قانونية**، ومن المرجح أن يحضروا جلسة الاستماع اليوم. ويخوض رئيس الوزراء الإيطالي سلسلة معارك قانونية في محاكم ميلانو منذ سنوات. وقد **خضع للمحاكمة** سبع مرات على الأقل **بتهم فساد** مرتبطة بأنشطته الاقتصادية. إلا أنه لم يصدر بحقه أبدا **حكم بالإدانة**، فقد **كان يبرأ** على الدوام **لنقص الأدلة**. ويقول **المحققون** إن رئيس الوزراء وعددا من كبار المديرين التنفيذيين في شركاته الإعلامية **متورطون في عمليات الفساد**.

فساد	corruption
أصدر قرار	to issue the sentence
تهرب	evading taxes
ضريبي	
اختلاس	embezzlement
غسيل	money laundering
الأموال	
ارتكب	to perpetrate
نقص أدلة	lack of evidence
تورط في	to be implicated in

٣ فهم تنظيم النص

> **Understanding text organization:** Understanding how news articles are organized can help you read more effectively. Pay attention to the way the events are sequenced in news reports of arrests and trials, and the writer's choice in using passive and active verbs.

the most recent event

بدء محاكمات الفساد البنكي في الجزائر

قدم رجل أعمال جزائري عبد المؤمن خليفة **للمحاكمة** في الجزائر على خلفية فضيحة مالية كبرى **يشتبه** في ١٠٤ من رجال الأعمال الجزائريين الضلوع فيها. وقد هزت هذه الفضيحة المجتمع الجزائري **بعد أن** انهار "بنك خليفة" عام ٢٠٠٣ واختفى أكثر من ٤,٥ مليار دولار من حسابات الشركة المالكة للبنك. ويحاكم خليفة المقيم في بريطانيا غيابيا وتفيد تقارير أنه أنكر أي ضلوع في أعمال مخالفة للقانون. **وكان** خليفة **قد اتهم** بالاختلاس وتبييض الأموال سنة ٢٠٠٢ لكنه **أفرج عنه** لنقص الأدلة. وقد غادر خليفة الجزائر **قبل أن** تنهار شركته بفترة وجيزة، وهو الآن مطلوب للانتربول. وفي حال إدانته قد يتعرض خليفة لعقوبة السجن مدى الحياة.

what happened before

- Notice how the events are sequenced in the reports on arrests and trials. They usually start with the most recent development and then talk about the previous events. The events that happened first are often mentioned at the very end and are expressed in past perfect (the verb كان in the past, combined with another past verb):

The court had pronounced the sentence	وكانت المحكمة قد أصدرت الحكم

- Pay attention to the connectors and expressions that indicate how the events in the story are sequenced.

before	قبل، قبل أن
after	بعد، بعد أن، عقب
previously x subsequently	لاحقا x سابقا

- Notice that the meaning of the particle قد depends on the verbs it is used with:

1) With the present verb it means 'maybe' or 'perhaps':

He may be imprisoned.	وقد يتعرض للسجن.

2) With the past verb, the particle emphasizes the fact that the action was competed:

The process of selecting jury ended.	وقد انتهت عملية اختيار هيئة المحلفين.

3) In compound tenses with the verb كان, the particle قد has no special meaning, but is stylistically expected:

The prosecution had started investigating.	وكانت النيابة قد بدأت التحقيق.

- The hypothetical events are signaled either by فيما إذا or في حال/حالة

if they are pronounced guilty	في حال/حالة إدانتهم
if the accusations are proved to be true	فيما إذا ثبتت التهم

- The common expressions introducing the sentences talking about expected events are:

من المنتظر - من المتوقع - من المرجح - من المقرر

- News on arrests and trials often contain the passive voice. The choice of the passive voice indicates that the focus is not the person doing the action, but rather on the one that is acted upon.

He was arrested at Moscow airport.	واعتقل في مطار موسكو.

Another commonly used structure is تم + المصدر

The jury was selected.	وتم اختيار هيئة المحلفين.

- Notice that the preposition لـ can be used to indicate either purpose or reason. You have to figure it out from the context.

He was arrested for the purpose of investigation.	أوقف للتحقيق.
He was freed because of the lack of evidence.	أطلق سراحه لنقص الأدلة.

٤ القراءة المتعمقة

Highlighting the passives: Choice between the passive and active voice often reflects the writer's attitude. Highlighting the passive verbs can help you find out whether the focus is on the action and the person acted upon, or whether it is on the doer.

اقرأوا الأخبار التالية لفهم الفكرة الرئيسية وعبروا عنها في عنوان تضعونه لكل خبر واستخرجوا كل الأفعال المبنية للمجهول:

أ) ....

أرجئت لمدة ثلاثة أشهر محاكمة زكريا موسوي، الشخص الوحيد الذي **وجهت إليه اتهامات** فيما يتعلق بهجمات ١١ سبتمبر أيلول. **وحكم قاض** فيدرالي في واشنطن **ببدء محاكمة** موسوي في أوائل يناير/كانون الثاني. ويقال إن سبب إرجاء المحاكمة هو تعقيد وكثرة **الأدلة** ضد موسوي البالغ من العمر ٣٤ عاما، **والمتهم بـ**التخطيط لتنفيذ أعمال إرهابية. **ونفى** موسوي **ضلوعه في** هجمات ١١ سبتمبر/أيلول في واشنطن ونيويورك، لكنه **اعترف بـ**انتمائه لشبكة القاعدة. وكان من المقرر بدء **اختيار هيئة المحلفين** الشهر القادم، إلا أن موسوي، الذي قرر **الدفاع عن** نفسه، طلب التأجيل قائلا إن الظروف القاسية المسجون فيها حاليا، جعلت من المستحيل عليه أن يعد دفاعه في الوقت المناسب. وكان **الإدعاء** قد عارض إرجاء المحاكمة قائلا إن الرأي العام والضحايا يستحقون أن يحكم سريعا في القضية. هذا وكان موسوي قد **اعتقل** قبل ١١ سبتمبر/أيلول بتهم تتعلق بالهجرة. ومن المقرر أن تبدأ **محاكمته** في السادس من يناير/كانون الثاني، على أن يتم اختيار هيئة المحلفين في ١٨ نوفمبر/تشرين الثاني.

ب) ....

بدأت الاثنين **محاكمة** ستة رجال **مشتبهين بالتآمر** لتفجير السفارة الأمريكية في باريس، وذلك **بشهادة أدلى بها** زعيم الجماعة. وقال **المشتبه** الفرنسي من أصل جزائري، جميل بيغال، أمام المحكمة إنه ظل في **حبس انفرادي** في انتظار المحاكمة منذ **اعتقاله** عام ٢٠٠١. هذا ويسمح القانون **بحبس المشتبهين**

بالإرهاب انفراديا لأسباب أمنية. وأكد بيغال في **شهادته** أنه لا تربطه صلات بالجماعات المتشددة، مشيرا إلى أنه يشعر كما لو كان **يحاكم** أمام إحدى **محاكم التفتيش**. ويواجه بيغال، الذي **يشتبه في** أن له صلات بزعيم تنظيم القاعدة أسامة بن لادن، وخمسة آخرون يحاكمون معه، **أحكاما بالسجن** تصل إلى عشر سنوات **في حال إدانتهم**. ويؤكد **الادعاء** أن بيغال زار مراكز تدريب في أفغانستان عام ٢٠٠٠، حيث التقى، حسبما **اعترف** للمحققين في البداية، مع أبو زبيدة، أحد كبار مسؤولي القاعدة الذي **اعتقل** بعد ذلك في باكستان عام ٢٠٠٢. **ويتهم الإدعاء** بيغال بتجنيد أعضاء في ضواحي باريس الجنوبية للانضمام إلى شبكته. **ويشتبه** كذلك في ان بيغال أسس خلية إرهابية في هولندا. ومن المقرر أن يعلن **ممثلو الادعاء** أيضا أن بيغال كانت له صلات برجل الدين السوري، أبو قتادة، المقيم في لندن والذي تقول بريطانيا إنه أثار حماس منفذي هجمات ١١ سبتمبر/ أيلول ٢٠٠١.

ج) ....

قضت إحدى المحاكم الأمريكية على شخص لمطاردته وهوسه بالممثل والمخرج الشهير ميل غيبسون. **وحكمت المحكمة العليا** الخميس أن هناك **أدلة كافية** لمحاكمة زاك سينكلاير (٣٤ عاما) **بجناية المطاردة والتعقب**. هذا **وسيمثل المتهم أمام المحكمة** في السادس عشرة من الشهر الحالي، بحسب ما نقلته وكالة الأسوشيتد برس. وكان سينكلاير **أوقف** في سبتمبر/أيلول الماضي، **للتحقيق معه** بعد مزاعم بمطاردة وتعقب الممثل ميل غيبسون. ويزعم أن سينكلاير ربض عدة مرات في سبتمبر، أمام مدخل منزل غيبسون في ماليبو، بعد أن استطاع التملص من الحراسة مطالبا أن يؤدي الصلاة مع الممثل. وكان سينكلاير **أوقف** في السابع من أكتوبر/تشرين الأول الماضي بعد **خرقه أمرا قضائيا** يطالبه بالبقاء بعيدا عن الممثل وأسرته، كما زعم. وفي **الدعوى المرفوعة** أمام المحكمة، قال غيبسون إن الرجل قاطعه خلال صلاته في كنيسة في التاسع عشرة من سبتمبر، مطالبا المشاركة بالصلاة. وقام لاحقا حراس الممثل بمرافقة سينكلاير خارج المكان.

النص الأفعال المبنية للمجهول

أ) ....

ب) ....

ج) ....

↰ والآن اقرأوا الأخبار مرة أخرى للإجابة على هذه الأسئلة:

١. ما هي العقوبة المناسبة لكل جريمة مذكورة؟ ولماذا؟

....

....

....

....

....

٢. ما هي الأدلة التي ذكرت لإدانة كل من المتهمين المذكورين؟ وما هو رأيكم فيها؟

....

....

....

....

....

٣. ما هي أكثر هذه القضايا إثارة لاهتمامكم؟ ولماذا؟

....

....

....

....

....

٤. ما هي القضايا التي تتابعونها في وسائل الإعلام؟ ولماذا؟

....

....

....

....

....

٥ تنمية المفردات

Vocabulary building: Grouping words that are related to each other helps you remember and later retrieve new vocabulary. Group words related by topic, words belonging to the same root, verbs that go with the same preposition, and so on. Develop your own ways for grouping words.

١. أكملوا الخريطة الدلالية التالية لأخبار القضاء.

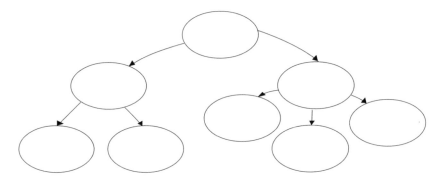

Picture flashcards: Cut out pictures from newspapers and glue them on flashcards. Write the names of everything you see in the picture or words you associate with the picture on the back of the card.

٢. اكتبوا الكلمات المتعلقة بالقضاء والمحاكمات والتي تخطر في أذهانكم عند مشاهدة هذه الصورة:

ELIJAH ZARWAN

الكلمات:

Collocations: When learning vocabulary, it is useful to learn collocations or combination of words that often occur together

٣. ضعوا كل فعل وعبارة في المربع في خانة الاسم الذي يستخدم معه ثم أكملوا الجمل التالية:

حكم – رفع الدعوى – اعترف – أدلى بأقواله – نفى – أصدر الحكم – دافع – حقق

المتهم	النيابة	القاضي	المحامي
....	....	....	....
....	....	....	....

أ) .... المدعي العام الإسرائيلي الدعوى ضد مراسل الجزيرة في الضفة.

ب) .... القاضي بإدانة المتهم في جميع التهم الموجهة إليه.

ج) .... المتهم بارتكاب الأعمال الإرهابية التي أدت إلى مقتل ٥٠ شخصا.

د) .... المحكمة الحكم بالبراءة بعد محاكمة دامت ٦ شهور.

هـ) .... الشهود بأقوالهم أمام المحكمة صباح اليوم.

٤. وائموا بين الأفعال والأسماء ثم أكملوا بها الجمل التالية:

الأفعال	الأسماء
• أصدر	• الجريمة
• وجّه	• الحكم
• أرجأ	• الأدلة
• ارتكب	• القبض
• ألقى	• المحاكمة
• قدّم	• التهم

أ) .... الرئيس السابق .... ضد الإنسانية وستبدأ محاكمته الشهر القادم.

ب) .... محكمة لاهاي الدولية .... على مجرمي الحرب في البلقان.

ج) .... المدعي العام .... بالإرهاب لأعضاء الجماعة المحظورة.

د) .... المحامي .... تثبت براءة المتهم.

هـ) .... الشرطة .... على تاجر مخدرات في أحد ضواحي القاهرة.

و) .... أمس .... المتهمين بالتخطيط للأعمال الإرهابية للمرة الثانية.

٥. ضعوا حرف جر مناسبا في الفراغات التالية:

أ)   دعا ثلاثة محامين بريطانيين مصر .... وقف محاكمة المدنيين في
محاكم عسكرية وينتمي هؤلاء المحامون .... جماعة العدالة
الدولية، وهي منظمة تعنى .... ضمان محاكمات عادلة للمتهمين
ويحضر المحامون البريطانيون الثلاثة كملاحظين في محاكمة عشرين من
أعضاء جماعة الإخوان المسلمين المحظورة ويحاكم المتهمون العشرون
.... تهم المساس .... أمن الدولة ومحاولة السيطرة ....
النقابات المهنية لكن المحامين البريطانيين يقولون إنه ليست ثمة أدلة
كافية لمحاكمة المتهمين.

ب) بدأ أبرز شاهد في أهم محاكمة إرهابية تشهدها بريطانيا منذ هجمات ١١
سبتمبر/أيلول ٢٠٠١ في الإدلاء .... أقواله الخميس عن الكيفية التي
التحق بها بحركة الجهاد. وقال محمد بابر، المواطن الأمريكي ذو الأصول
الباكستانية، أمام محكمة لندن إنه اتخذ قرارا .... القتال ضد الولايات
المتحدة بعد أيام من حادث تفجير برجي مركز التجارة العالمي. واعترف
المتهم .... أنه مذنب إزاء التهم الموجهة ....ـه في نيويورك،
والمتعلقة............ أنشطة إرهابية متنوعة، منها الاشتراك .... مؤامرة
تفجير قنابل بالمملكة المتحدة.وتوجه المحكمة البريطانية تهما ....
سبعة في نفس القضية، ولكنهم ينكرون تورطهم في "مؤامرة لتنفيذ
تفجيرات كان من المرجح أن تعرض حياة آخرين .... الخطر."

٦. أكملوا نص هذه الأخبار بالكلمات المناسبة:

أ)   قال المحامون الذين وقعوا على الخطاب الذي نشر اليوم الخميس إن ....
جوانتانمو باي يجب أن يمثلوا أمام .... مدنية أمريكية أو إعادتهم إلى
دولهم الأصلية لـ ....هم هناك. وعلى الرغم من أنه من غير المحتمل
أن توافق الإدارة الأمريكية على هذه الدعوة، فإن مصير .... مسألة
قد تجلب الخطر على واشنطن.

ب) نشرت صحيفة الجارديان في صدر صفحتها الأولى مقالا بعنوان "جنود بريطانيون .... محاكمة عسكرية بسبب الانتهاكات"، وقالت إن بدء محاكمة أربعة جنود بريطانيين بعد .... بالقيام بانتهاكات لعراقيين ربما تكون بداية سلسلة محاكمات حول سلوك القوات البريطانية في العراق. وأضافت أن .... العام البريطاني وصف في بيان مكتوب للبرلمان البريطاني هذه .... بأنها "تتضمن إجبار الضحايا على ممارسة أفعال جنسية بينهم".

ج) بدأت في لاهاي بهولندا محاكمة أكبر عدد من المسئولين الصرب السابقين، في محكمة ....الحرب الدولية الخاصة بيوغسلافيا السابقة. إذ ....٦ من المسئولين، من بينهم الرئيس السابق أمام المحكمة بـ ....تتعلق بمسؤوليتهم عن جرائم حرب ....ـها الجنود الصرب في كوسوفو في عام ١٩٩٩. وينفي .... الستة تنفيذ عمليات قتل، وتعقب وتهجير عدد من ألبان كوسوفو. واكتسبت المحاكمة منحى هاما جديدا بعد وفاة رئيس يوغسلافيا السابق سلوبودان ميلوسفتش أثناء محاكمته بتهم مماثلة.

٧. اختاروا العقوبة المناسبة من المربع لكل جريمة وبرّروا اختياركم.

الغرامة – السجن – الحبس الانفرادي – الأعمال الشاقة – إسقاط الجنسية – الإعدام

سرقة سيارة مرسيدس ....

قيادة السيارة تحت تأثير الخمر ....

تعاطي الحشيش في مكان عام ....

اختطاف طائرة ركاب متجهة إلى أمريكا ....

سرقة خضار من البقال ....

سرقة سيارة مرسيدس ....

الحديث في المحمول أثناء القيادة ....

تهريب الأسلحة ....

٨. رتبوا الجمل في المقالة التالية ترتيبا سليما واكتبوا ترتيب كل جملة في المكان المخصص لهذا بين القوسين. لاحظوا أنه تم تحديد الجملتين الأولى والثانية.

محاكمة متشددين بعُمان شكلوا جماعة محظورة

(..١..) يمْثُل الثلاثاء مجموعة من المتشددين أمام القضاء العماني بتهمة تشكيل جماعة محظورة ومحاولة زعزعة استقرار البلاد.

(.............) وقالت وكالة الأنباء العمانية الرسمية إن العشرة كانوا بين مجموعة جرى اعتقالها خلال الأشهر الأخيرة، في سياق حملة غير مسبوقة على نشطاء من المذهب الاباضي الذي ينتمي إليه السلطان قابوس نفسه حاكم البلاد وأغلبية العمانيين.

(.............) وذكرت وسائل إعلام حكومية أن عشرة من المتشددين مثلوا أمام المحكمة الاثنين بتهمة تشكيل جماعة محظورة.

(..٢..) وقالت مصادر الأمن إن السلطات تعتقل ٤٢ متشددا بمن فيهم الماثلون أمام المحكمة.

(.............) وكانت عمان قد كشفت النقاب في العام ١٩٩٤، عن مجموعة متشددة، وحكمت على آخرين بالإعدام لاتهامهم بالسعي إلى زعزعة الاستقرار، ولكن السلطان خفف العقوبات.

(.............) وينتمي العديد من المتهمين إلى قبائل ذات نفوذ، ويهدفون الى إعادة الإمامة، وهي تقليد أباضي مضى عليه قرون يضع القيادة الدينية والسياسية في يد الإمام. وألغي هذا النظام في العام ١٩٥٩.

(.............) وقالت الوكالة إن إجراءات المحاكمة يوم الاثنين، التي حضرتها أسر المدعى عليهم وزعماء قبليون ومسئولو الحكومة، تضمنت فحص أدلة الادعاء الذي شمل أسلحة مصادرة مع المدعى عليهم.

٩. أكملوا هذه المقالة. أذكروا السبب الذي أدى إلى ارتكاب الجريمة والحكم الذي أصدرته المحكمة.

محاكمة امرأة لقتلها ببغاء

تجري في مدينة نوفوكوزنيسك في روسيا، أغرب محاكمة من نوعها تمثل فيها امرأة (٣٥ عاما) لممارستها المعاملة القاسية تجاه حيوان، مما أدى إلى مصرعه.وجاء في قرار الإدانة أن المرأة قتلت ببغاء جارتها بسبب ....

....

....

....

١٠. اكتبوا نصا للخبر المناسب لكل صورة مستخدمين المفردات والعبارات في المربع.

> ألقت الشرطة القبض على – وجهت إليهم التهم بـ – المحاكمة – اعترف – نفى – في حالة إدانتهم – أصدرت المحكمة الحكم – عقوبة

النص:

JOSHUA STACHER

قبضت الشرطة على – وكشفت التحقيقات – وجهت النيابة العامة التهمة
"– مثل أمام المحكمة – أدلى بأقواله – في حالة إدانتهم – أنكر
– أعترف بـ – ارتكاب أعمال غير قانونية

النص:

JOSHUA STACHER

٦ القراءة السريعة

Skimming: Skimming helps you to preview the content, build expectations about the text, locate the information you are interested in, and read the text more effectively. Use your knowledge of prepositions related to main verbs when skimming. After having read the main verb, look quickly for the preposition that goes with it and focus on what comes after it.

أمر الرئيس المصري اليوم الأربعاء في اجتماع عقده في قصر الرئاسة بحضور رئيس الوزراء ووزير الداخلية **بإعادة محاكمة** مهندس مصري كانت قد **برأته محكمة في** وقت سابق **من اتهامات بالتجسس** لصالح إسرائيل. وقالت مصادر قضائية مصرية إن أمرا قد صدر بإعادة اعتقال شريف الفيلالي المتهم الذي **برأته محكمة** أمن الدولة في يونيو الماضي **من تهمة التجسس** لصالح إسرائيل، وإنه سيمثل للمحاكمة أمام دائرة أخرى من المحكمة نفسها في التاسع عشر من الشهر الجاري.

↵ اقرأوا هذه الأخبار قراءة سريعة ثم ضعوا عنوانا لكل منها يعبر عن الفكرة الرئيسية فيها:

الأخبار

أ)
....

من المتوقع أن تضيق المحكمة الابتدائية في العاصمة المغربية الرباط بعد ظهر اليوم بعشرات الصحافيين والمراقبين المغاربة والدوليين الذين سيتوافدون على المحكمة لمتابعة أولى جلسات محاكمة كل من عبد العزيز كوكاس، المدير المسئول للأسبوعية الجديدة ونادية ياسين، عضو جماعة العدل والإحسان المحظورة، اللذين سيمثلان في حالة سراح بعدما وجهت لهما تهمة الإخلال بالاحترام الواجب للملك والمس بالنظام الملكي.

ب)
....

أرجأت محاكمة عملاق النفط الروسي ميخائيل خودوركوفسكي بتهمة التزوير والاختلاس والتهرب الضريبي. وأرجأت محكمة في موسكو المحاكمة لمنح أحد

أعضاء فريق الدفاع عن خودوركوفسكي مهلة للتعافي من جراحة في العين. ولم يحدد بعد موعد محاكمة الرئيس السابق لشركة يوكوس النفطية العملاقة وأحد شركائه في العمل. ويجادل الدفاع بأن خودوركوفسكي يحاكم لأغراض سياسية، وهو ما ينفيه الكرملين ويقول إنه يتوقع أن تتم إدانته.

ج) ....

طالبت النيابة العامة في مصر للمرة الثانية، بإعادة محاكمة المتهمين في قضية أعمال العنف الطائفية التي وقعت بين مسلمين ومسيحيين أقباط بقرية الكشح في صعيد مصر قبل ثلاثة أعوام، وأسفرت عن مقتل ثلاثة وعشرين شخصاً. وقد طعن النائب العام في الأحكام الصادرة ضد المتهمين الشهر الماضي، وطالب محكمة الاستئناف بإلغائها. وذكرت مصادر قضائية أن النائب العام رفع مذكرة إلى المحكمة قال فيها إن الأحكام التي صدرت يوم السابع والعشرين من فبراير/ شباط الماضي بعد إعادة محاكمة المتهمين "فشلت للمرة الثانية في تطبيق القانون".

د) ....

وكانت محكمة الجرائم الدولية أنشئت عام ٢٠٠٢، وتحظى بمساندة ١٠٠ دولة. ودور المحكمة الرئيسي هو محاكمة المسؤولين عن أسوأ الجرائم، مثل جرائم الإبادة الجماعية، والجرائم ضد الإنسانية، وأي جرائم حرب ترتكب في أي مكان في العالم. وتمثل المحكمة الملجأ الأخير لإقرار العدالة إذا عجزت السلطات المحلية أو رفضت توجيه الاتهام.

هـ) ....

أجلت محكمة تونسية اليوم الخميس النظر في قضية بلقاسم نوار المتهم بالتخطيط لهجوم انتحاري على معبد يهودي بجربة عام ٢٠٠٢ إلى ١٨ من الشهر الجاري. ونقل شهود عن قاضي محكمة الاستئناف قوله إنه سيستبدل المحامي سمير بن عمر بمحامية أخرى في حالة عدم حضوره للجلسة المقبلة بدعوى عدم اكتمال ملف القضية، وإنه أجل النطق بالحكم في القضية المثيرة للجدل إلى ١٨ من الشهر الحالي.

Talking about it: Telling someone about what you read in your own words is a useful strategy that helps you remember the new concepts and absorb new vocabulary.

↩ والآن اختاروا أكثر هذه الأخبار إثارة لاهتمامكم ثم اقرأوه قراءة دقيقة وقدموه لزملائكم في الصف - يمكن أن تكتبوا أدناه النقاط الرئيسية للتقديم:

....

....

....

....

....

....

....

....

....

....

....

....

....

....

....

....

....

....

....

٧ القراءة الناقدة

Reading critically: Different news sources may report the same event in different ways. How do you decide which one is more objective? Comparing between two sources reporting the same event can help you build up the skills you need to read critically.

الخبران التاليان يتناولان نفس الحدث ولكنهما من مصدرين مختلفين. قارنوا بينهما وأجيبوا على الأسئلة أدناه:

أ) الإفراج عن سعد الدين إبراهيم بقرار مباشر من النائب العام المصري

بعد ساعات من حكم محكمة النقض بإعادة محاكمة المتهمين في قضية مركز ابن خلدون، أفرجت مصلحة السجون عن الدكتور سعد الدين إبراهيم وباقي المتهمين. وخرج الدكتور من محبسه ليؤكد وسط حشد من وسائل الإعلام المحلية والأجنبية دور القضاء في مصر ونزاهته وأن ثقته لم تتأثر لحظة واحدة بالعدالة. وأوضح الدكتور سعد الدين إبراهيم أنّ استغل فترة وجوده داخل السجن وأوقات فراغه وقام بكتابة مذكراته ويومياته داخل السجن مشيرا إلى أنه انتهى من كتابة مذكراته منذ مولده وحتى عام ١٩٨٤.

ب) سعد الدين إبراهيم يشيد بنزاهة القضاء المصري

أفرجت أمس السلطات المصرية عن الدكتور سعد الدين إبراهيم المتهم الأول في قضية مركز ابن خلدون حيث أطلق سراحه بقرار خاص مباشر صدر من النائب العام وسلطات الأمن من سجن طرة. وكان الإفراج عنه قد تم في السادسة والنصف بعد إجراءات إفراج رسمية استغرقت ١٥ ساعة ونصف. وخرج الأستاذ بمساعدة الضباط يرتدي بدلة رياضية زرقاء وبدت عليه علامات السعادة لكنه كان يحاول السير بصعوبة. وأكد الدكتور سعد الدين إبراهيم أنه حاليا ليست لديه نية لمغادرة البلاد إلا للعلاج.

١. ما هي الاختلافات بين الخبرين؟ وماذا يمكن أن يكون السبب وراءها؟

....

....

....

....

٢. ماذا نستطيع أن نستنتج عن كل من الجريدتين اللتين نشرتا الخبرين؟ ولماذا؟

....

....

....

....

قارنوا بين الخبرين التاليين للإجابة على الأسئلة التالية لهما.

أ) اتصالات لحل قضية شبان مصريين تسللوا إلى إسرائيل "لخطف دبابة"

اتصل مدير إدارة إسرائيل في وزارة الخارجية المصرية بالسفارة الإسرائيلية في القاهرة لطلب التدخل لدى السلطات الإسرائيلية للحصول على معلومات عن ستة شبان مصريين قبض عليهم بدعوى التسلل إلى الدولة العبرية لخطف دبابة وشن هجوم داخلها. وكان الشبان المصريون سافروا إلى مدينة العريش في شمال سيناء لقضاء بعض الوقت في مصيف المدينة على البحر المتوسط خلال

ب) مذكرة رسمية مصرية للخارجية الإسرائيلية لسرعة الإفراج عن الطلبة الستة

أجرت وزارة الخارجية اتصالا بالسفارة الإسرائيلية بالقاهرة، وطلبت سرعة موافاة السلطات الإسرائيلية لها بالمعلومات الكاملة حول حادث إلقاء السلطات الإسرائيلية القبض على الطلبة المصريين الستة الشهر الماضي، وسرعة الإفراج عنهم ، كما توالي السفارة المصرية في تل أبيب اتصالاتها مع الجهات المعنية هناك، حيث قدمت السفارة مذكرة رسمية لوزارة الخارجية الإسرائيلية طلبت فيها سرعة

الفترة من ١٩ إلى ٢٣ من آب/أغسطس الماضي. وبعد اختفائهم أعلنت إسرائيل أنها قبضت عليهم وتحاول الخارجية المصرية في اتصالاتها مع إسرائيل استيضاح الموقف وطمأنة أهالي الشبان. واستقبل مساعد الشؤون القنصلية آباء وأشقاء بعض الموقوفين وسمع منهم تأكيدات أن أبناءهم لم يسبق لهم ارتكاب جرائم من أي نوع. وذكرت تقارير إسرائيلية أن الأخبار عن اعتقال الستة بقيت سرية وأن قرار الاتهام ضدهم يزعم أنهم خططوا لخطف جنود إسرائيليين والاستيلاء على دبابة إسرائيلية وقال مسئولون أمنيون إسرائيليون إن الستة كانوا يحملون ١٤ سكينا وخرائط الدولة العبرية ومناظير وأجهزة اتصال لاسلكية.

حل هذه المسألة، وترتيب زيارة لمسئولين في السفارة للطلبة المقبوض عليهم في نفس الوقت الذي تقدم فيه السفارة جميع المساعدات الممكنة لهم. وتنفيذا لتوجيهات وزير الخارجية التقى السفير أمس بأولياء أمور الطلبة الستة الذين أفادوا بأن أبناءهم ذهبوا إلى العريش كمصيف في الفترة من ١٩ إلى ٢٤ أغسطس الماضي، ولم يسبق لهم ارتكاب أي جرائم من أي نوع، وطمأن السفير أسر الطلبة في متابعة الوزارة بكل اهتمام هذا الحادث حتى يتم الإفراج عنهم.

١. علام يدل الفرق في العنوانين؟

....

....

....

....

٢. ما هو الفرق في اختيار المعلومات وترتيبها في كل من الخبرين؟

....

....

....

....

٣. علام تدل الاختلافات في اختيار المعلومات وترتيبها؟

....

....

....

....

٤. ماذا نستطيع أن نستنتج عن الجريدتين اللتين نشرتا الخبرين؟

....

....

....

....

٥. ما هي الجريدة (أ أم ب) التي تفضل شراءها يوميا ولماذا؟

....

....

....

....

← ابحثوا عن خبر عن اعتقال أو محاكمة في مصدرين مختلفين على الانترنيت (مثلا: aljazeera.net و cnn/arabic.net) أو في جريدتين مختلفتين (مثلا الأهرام والحياة) وقارنوا بينهما.

....

....

....

....

....

٦

Business and Finance

أخبار المال والأعمال

❶ التمهيد للقراءة

Brainstorming: Think of as many ideas related to the picture as you can. You do not have to evaluate or organize them, just jot them on paper. Brainstorming activates your background knowledge and prepares you to read more effectively.

فكروا في مضمون الصورة وخمنوا مضمون الخبر المصاحب لها، ثم دونوا أفكاركم تحت الصورة وناقشوها مع زملائكم في الصف.

CAIRO AND ALEXANDRIA STOCK EXCHANGES

stock market	بورصة (ج) ات
stock	سهم (ج) أسهم
price	سعر (ج) أسعار
value	قيمة (ج) قيم
index	مؤشر (ج) ات
to decrease	انخفض
to rise	ارتفع
profit	ربح (ج) أرباح
loss	خسارة (ج) خسائر
investment	استثمار

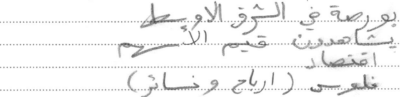

بورصة في الشرق الاوسط
يشاهدون قيم الأسهم
اقتصاد
طلعي (ارباح وخسائر)

Key terms: Your understanding of the news you read depends largely on your knowledge of key words. Memorizing some of them before you start reading can make texts easier to understand.

❷ القراءة لفهم الأفكار الرئيسية

Reading for main ideas: Reading titles and first sentences in news articles is a good way of getting an overview of what they are about. The first sentence often summarizes the main information in the article. Read it carefully, then read the rest of the article, focusing on the words in bold. They are key terms related to the theme.

↩ دونوا المعلومات المطلوبة عن حالة السوق (الإيجابيات والسلبيات) في كل مربع بعد قراءة الخبر التالي له:

١. الخبر الأول

الإيجابيات ....

السلبيات ....

خسائر كبيرة في أسهم بورصة وول ستريت

انخفضت بشدة **قيمة الأسهم** في بورصة وول ستريت الامريكية في أسوأ **خسارة** في يوم واحد منذ مارس/آذار عام ٢٠٠٣. **وتراجع** متوسط مؤشر داو جونز للشركات الصناعية في ظل **أرباح** ضعيفة من شركتي جنرال إلكتريك وستيجروب. كما عانى **مؤشرا** ستاندارد آند بورز الاشمل المؤلف من أسهم ٥٠٠ شركة **ومؤشر** ناسداك لشركات التكنولوجيا الثقيلة أيضا من موجة من عمليات **بيع الأسهم** من قبل **المستثمرين**. وزاد من الضغوط على بورصة الأسهم **ارتفاع**

سهم (ج) أسهم	share
قيمة (ج) قيم	value
تراجع	to decrease
خسارة	loss
ربح (ج) أرباح	profit
مستثمر (ج) ون	investor
نفط خام	crude oil
متوسط	average
مؤشر	index
عدم الاستقرار	instability

سعر خام النفط في نيويورك. وشهد **متوسط مؤشر (داو) عند الإغلاق تراجعا بمقدار** ٢١٣٫٣٢ نقطة، أو ما نسبته ١٫٩٦ بالمئة، ليغلق عند ١٠٦٦٧٫٣٩ نقطة لتسجل جميع الشركات فيه نتائج سلبية فيما عدا شركة مطاعم ماكدونالدز التي ارتفعت أسعار أسهمها بمقدار ١٫٩ بالمئة. ويشهد سوق الأسهم **حالة من عدم الاستقرار** بعد تهديدات تنظيم القاعدة المزعومة للولايات المتحدة، والقلق بشأن الطموحات النووية الإيرانية واضطراب الإنتاج في نيجيريا.

٢. الخبر الثاني
الإيجابيات
....
السلبيات
....

situation	وضع (ج) أوضاع	
fall	هبوط	
sharp	حاد	
to deal	تعامل	
rise	صعود	
to invest in	استثمر في	
long-term	طويل الأجل	
seller	تاجر (ج) تجار	
enticing	مغرٍ	

**افتتاح بورصة لبنان
بعد إغلاق لأسبوعين**

فتحت بورصة لبنان أبوابها الثلاثاء، بعد إغلاق دام أسبوعين بسبب القتال الدائر في البلاد. وكانت الحرب الدائرة في لبنان قد أثرت بشدة على **الأوضاع الاقتصادية**، وأدت إلى **هبوط حاد في الأسهم**. وأبلغ رئيس هيئة سوق المال في لبنان وكالة رويترز للأنباء، أن البورصة فتحت أبوابها **للتعامل** بشروط معينة ومن هذه الشروط السماح للأسعار بأن تتحرك بنسبة ٥٪ فقط **صعودا** أو **هبوطا**. وقال

المتعاملون في البورصة إن الحرب أبعدت **المستثمرين في** الأسهم، ولكن لوحظ أن الأسعار وصلت إلى درجة مريحة بالنسبة للمستثمرين الباحثين عن **الاستثمار طويل الأجل**. وقال أحد **تجار** البورصة اللبنانية أن **الأسعار مغرية** بالنسبة للمستثمرين، ولكن المخاطرة عالية نظرا للتحركات السياسية على الأرض.

٣. الخبر الثالث

الإيجابيات ....

السلبيات ....

أسعار النفط تستقر بعد ارتفاع لخفض إنتاج أوبك

سجلت أسعار النفط الأميركي **استقرارا** خلال **التعاملات** الآسيوية بالعقود الآجلة فوق ٦٢ دولارا للبرميل اليوم. ويأتي ذلك عقب **ارتفاعها** أكثر من دولار أمس جراء اتفاق منظمة البلدان المصدرة للنفط (أوبك) على **خفض إنتاجها** اعتبارا من فبراير/شباط المقبل. وقرر أعضاء أوبك **خفض إنتاجهم بمقدار** ٥٠٠ ألف برميل يوميا على الرغم من تحذيرات **وكالة الطاقة** الدولية من أن الخفض السابق البالغ ١,٢ مليون برميل يوميا -والذي طبقته أوبك اعتبارا من بداية الشهر الماضي- قد يؤدي إلى نقص إمدادات **المعروض في الأسواق العالمية**.

استقرار	stability
إنتاج	production
خفض، يخفض، خفض	to decrease
بمقدار	by (the quantity)
طاقة	energy
معروض	supply

٣ فهم تنظيم النص

> **Understanding text organization:** Paying attention to linking words
> (connectors) and what they signal can help you recognize what function
> each sentence has in the text.

elaboration

addition

الإمارات توقف شركتين عن التداول لعدم التزامهما بالقانون
قررت هيئة الأوراق المالية والسلع الإماراتية إيقاف شركتي الوساطة الصفوة
للخدمات المالية الإسلامية وغولدن غيت سيكيوريتيز عن التداول حتى إشعار
آخر. **فقد** أثبتت التحقيقات المالية أن الشركتين لم تلتزما بالقانون. **كما** وجهت
الهيئة إنذارات لسبع عشرة شركة أخرى **لـ**عدم استكمالها متطلبات الترخيص،
ومنحتها مهلة حتى الرابع من الشهر المقبل **لـ**تعديل أوضاعها.

reason

purpose

وسجل مؤشر بورصة دبي ارتفاعا وأغلق متجاوزا مستوى ثلاثة آلاف نقطة لأول
مرة خلال أسبوعين بدعم من أسهم البنوك **بينما** هبط المؤشر العام في سوق أبو
ظبي هبوطا طفيفا.

contrasting information

- Here are some main connectors:

What it signals	English	Connector
reason, evidence	since	إذ / إذ أن
evidence, consequence	so	فـ
contrast	whereas	في حين
similarity	as	كما / مثلما

addition	in addition to also, likewise	بالإضافة إلى كما أنّ
explanation, restatement	that is	أيْ
contrasting information, denying expectations	however even though	غير أن ... إلا أن على الرغم من ... إلا أن
change of focus	as for	أما ... ف

٤ القراءة المتعمقة

Highlighting connectors: Highlighting connectors is a useful strategy to quickly assess the relationship between the sentences in the text. Recognizing the functions of different parts of a text can help you follow the meaning of the text you are reading, even though you may not know all the words.

اقرأوا الأخبار التالية لفهم الفكرة الرئيسية وعبروا عنها في عنوان تضعونه لكل خبر ثم دونوا المعلومات المطلوبة في الجدول التالي للأخبار:

أ) ....

واصلت البورصات العربية استئناف **تعاملاتها** بعد انتهاء عطلة العيد، و**حققت** بورصة الدوحة **الارتفاع الأكبر** بين هذه البورصات التي شهدت عموما حالة من **الانتعاش**. فـفي البورصة القطرية، **قفز المؤشر** بحوالي ٢٪ مدعوما **بارتفاع قيمة أسهم** شمل كل القطاعات في السوق في حين **هبط المؤشر العام** في السوق السعودية هبوطا طفيفا في ثاني أيام العمل **بنظام التداول** الجديد. كما **هبط المؤشر** السعري بالبورصة الكويتية في اتجاه قاده قطاع الاستثمار. أما الإمارات فقد **سجل** مؤشر السوق **ارتفاعا** بنسبة ٠,٢٨٪ بفضل ارتفاع **قطاع** الخدمات.

ب) ....

أعلن الأمين العام لاتحاد المستثمرين العرب أن **الاستثمار الأجنبي** في العالم العربي **شهد قفزة** هذه السنة إذ تضاعف أكثر من خمس مرات ليصل إلى ٣٧ بليون دولار مقابل سبعة بلايين السنة الماضية. وقال الأمين العام خلال افتتاحه أمس أعمال مؤتمر "ملتقى الاستثمار الدولي نحو الشرق" إن السبب الرئيسي وراء هذه القفزة في الاستثمارات الدولية **ارتفاع أسعار النفط والتيسيرات والحوافز الاقتصادية** التي منحتها غالبية الأسواق العربية. وأشار إلى أن خمس دول عربية استحوذت على ٧٣ في المئة من هذه الاستثمارات الأجنبية، وجاءت في الطليعة الإمارات ومصر والكويت والمغرب وأخيراً لبنان.

ج) ....

على الرغم من القفزة الاستثمارية التي تشهدها مصر في الفترة الأخيرة إلا أن الاستثمار في الصناعة لا يتجاوز تسعة في المئة وفي الزراعة واحداً في المئة من إجمالي الاستثمارات الأجنبية الوافدة إلى البلاد. و**تستورد** مصر يومياً ما قيمته ٨٠ مليون دولار **لتلبية الاحتياجات** الغذائية، وهي بحاجة إلى **تنمية** هذه النوعية من الاستثمار لتقليل الفجوة الغذائية. وبالإضافة إلى ذلك فإنه لا بد من زيادة الاهتمام بدعم **التكامل الاقتصادي** العربي إذ أن أكبر الاستثمارات في مصر هي الاستثمارات العربية وأكبر سياحة وافدة هي سياحات العرب، كما أن **تحويلات** المصريين من العالم العربي تجاوزت خمسة بلايين دولار هذه السنة.

د) ....

تراجعت أسعار الأسهم في السعودية بشكل كبير في تعاملات السبت إذ **هوى المؤشر** دون مستوى تسعة آلاف نقطة بنسبة **انخفاض** بلغت ٥٫٣٪. واستمرت سوق الأسهم السعودية في التراجع منذ الأسبوع الماضي لتصل اليوم إلى ٨٨٢٣ نقطة وهو أكبر انخفاض يشهده السوق منذ أكثر من ٢٠ شهرا. وبلغ الانخفاض ٦٤٧ نقطة. وانخفضت مؤشرات كافة **القطاعات** دون استثناء، وكان أكثر القطاعات هبوطا قطاع الزراعة الذي انخفض بنسبة تقارب ١٠٪. يشار إلى أن الأسهم السعودية **خسرت** أكثر من ٤٩ مليار دولار في أسبوع واحد يُعد من أحلك أسابيع أكبر بورصة في العالم العربي.ويرى محللون أن سبب هذا التراجع يرجع إلى عدة عوامل ومن بينها **تنامي** عدد الاكتتابات الجديدة التي عادة ما تتسبب في **سحب سيولة** ضخمة من الأسواق، **وتراجع أسعار** النفط ونزوح أجانب من **الاستثمارات** إلى أسواق عالمية منتعشة إضافة إلى عدم استقرار الأوضاع السياسية في المنطقة.

النص	حالة البورصة	البورصة
أ	....	....
ب	....	....
ج	....	....
د	....	....

والآن اقرأوا الأخبار مرة أخرى للإجابة على الأسئلة التالية:

١. ما هي أنجح الأسواق العربية حسب ما جاء في الأخبار؟ وما الدليل على ذلك؟

....

....

....

٢. ما هي أقل القطاعات الاقتصادية نجاحا في البلاد المذكورة ؟ ولماذا؟

....

....

....

Taking it personally: Thinking about your personal connection to the topic will help you absorb what you learned and internalize new concepts.

٣. ما هي أكثر هذه القضايا إثارة لاهتمامكم؟ ولماذا؟

....

....

....

٤. ما هي النصائح التي يمكنكم أن تقدموها للأجانب الذين يريدون الاستثمار في البلاد العربية المذكورة؟ ولماذا؟

....

....

....

اقرأوا الأخبار التالية أولا لفهم الفكرة الرئيسية وعبروا عنها في عنوان تضعونه لكل خبر. ثم استخرجوا المعلومات المطلوبة في الجدول.

أ) ....

تأثرت أرباح شركة البرمجيات العملاقة "مايكروسوفت" بسبب تسويات قضائية متعلقة بدعاوى رفعت على الشركة تتهمها بانتهاج **سياسة تسويقية** غير قانونية. وقد **انخفضت أرباح** مايكروسوفت بنسبة ٣٨٪ لتصل إلى ١،٣٢ مليار دولار للربع الثالث من **السنة المالية** الذي ينتهي في الحادي والثلاثين من شهر مارس مقارنة بنفس الفترة من العام الماضي. وقد **كلفت** التسويات القضائية الشركة مبلغ ٢،٥ مليار دولار من أرباح ما قبل **الضريبة**. ولكن **المبيعات ارتفعت** بنسبة ١٧٪ لتصل الى ٩،١٨ مليار دولار. ويرى المحللون في **القطاع التقني** أن الصورة الكلية إيجابية. تتوقع الشركة **إحراز ربح مقداره** ٢٣ سنت أمريكي لكل **سهم** للأشهر الثلاثة القادمة التي تنتهي بتاريخ ٣٠ يونيو القادم، وهو الربع الأخير من سنتها المالية، حيث يتوقع أن تصل **قيمة المبيعات** ما بين ٨،٩-٩ مليار دولار. وقد صرحت شركة مايكروسوفت أن **الأرباح** في السنة المالية التي تنتهي في شهر يونيو من العام ٢٠٠٥ ستبلغ ما بين ١،١٦-١،١٨ دولار أمريكي لكل سهم.

ب) ....

قالت شركة موتورولا، ثاني أكبر **منتج** للهواتف الجوالة في العالم، إن **أرباحها ارتفعت** إلى ثلاثة أمثال ما كانت عليه في الربع الأول من العام الماضي مدفوعة **بزيادة الطلب** على أجهزتها. وتعتبر هذه النتائج أفضل كثيرا من المتوقع، وستزيد من الضغوط على شركة نوكيا، صاحب أكبر **حصة** من سوق الهواتف الجوالة التي **تراجعت مبيعاتها.** وبلغت **أرباح** شركة موتورولا في الربع الأول من العام ٦٠٩ مليون دولار مقارنة مع ١٦٩ مليون دولار في نفس الفترة من العام السابق. وبلغت **قيمة مبيعات** الشركة ٨,٦ مليار دولار بينما ارتفعت **قيمة إيرادات** الشركة من الهواتف المحمولة بنسبة ٦٧ في المئة. **وارتفع سعر سهم** الشركة بنسبة تبلغ نحو ٢٥ بالمئة في تعاملات بعد الظهر في بورصة نيويورك بعد هذا التقرير الإيجابي. وتتوقع الشركة الآن أن تبلغ مبيعاتها في الربع الثاني **ما يتراوح بين** ٨,٢ و٨,٦ مليار دولار، ويتوقع المحللون أن تبلغ ايرادات الشركة ٦,٩ مليار دولار.

ج) ....

أعلنت مجموعة هيلتون للفنادق الفخمة أن **أرباحها تراجعت** في الربع الأول من العام الحالي بسبب انتشار وباء سارس والحرب في العراق. وقالت الشركة إن **أرباحها** قبل الضريبة في الأشهر الأربعة الأولى من العام الحالي **هبطت** ٢٥ بالمئة بالقياس إلى ما كانت عليه في الفترة الأولى من العام الماضي. ولكن الشركة لم تعلن أي تفصيلات أخرى. وقالت الشركة إن انتشار وباء سارس والحرب في العراق جعلا الأوضاع صعبة الشهر الماضي خاصة بالنسبة إلى فنادق هيلتون في لندن وأوروبا وجنوب شرق آسيا. ولكن الشركة قالت إن **الإقبال على** فنادق هيلتون تحسن منذ نهاية الحرب في العراق، وتوقعت أن تعود أرباح الشركة إلى وضعها الطبيعي في الصيف. **وارتفع سعر سهم** الشركة ٣,٥ بالمئة نتيجة توقعات الشركة للمستقبل القريب. وكانت شركة هيلتون وغيرها من شركات السفر والسياحة قد عانت من سلسلة من العقبات في العامين الماضيين بسبب هجمات ١١ سبتمبر ٢٠٠١ والان انتشار وباء سارس. **وانخفض سعر سهم** الشركة العام الماضي بحوالي الثلث في العام الماضي.

د) ....

كشفت لجنة **الأوراق المالية** والبورصات الأميركية أنها طلبت من شركة فورد إيضاحات بشأن علاقاتها التجارية مع سوريا وإيران والسودان وهي ثلاثة بلدان تعتبرها الحكومة الأميركية "دولا راعية للإرهاب". وطلبت اللجنة في يوليو/تموز من فورد توضيح أن "**سمعتها وقيمة أسهمها**" ليستا في خطر بسبب نشاطها في تلك البلدان. وكانت فورد قالت في أغسطس/آب إنها **تبيع سيارات عن طريق وكلاء** في سوريا في حين تبيع وحدة لاند روفر التابعة لها سياراتها الرياضة متعددة الأغراض عن **طريق موزع** بريطاني في السودان. وذكرت فورد أيضا أن مازدا التي **تملك فورد حصة** ٣٣٪ فيها تبيع سياراتها عن طريق شركات تجارية يابانية في إيران وسوريا. وقالت فورد في رسالة إلى اللجنة بتاريخ ١٦ أغسطس الماضي إن نشاطها المحدود والقانوني في سوريا ليس سرا، وأنها لم تتوصل إلى أي أثر سلبي ناجم عنه على سمعتها أو قيمة أسهمها.

وردت اللجنة على فورد بعد أسبوع قائلة إنها ليس لديها تعليقات أخرى على التقرير المالي السنوي للشركة. وتأتي المراسلات غير المعتادة بين ثاني أكبر شركة سيارات أميركية واللجنة عقب رسائل بعثت بها الهيئة المشرفة على الأسواق إلى شركات نفط أوروبية وأميركية تطلب منها **إخطار المستثمرين بالمخاطر** التي يواجهونها بالاستثمار في بلدان

تعتبرها الولايات المتحدة راعية للإرهاب.

النص	الشركة	الحالة الاقتصادية	الأسباب	التوقعات
أ	....	....	....	....
ب	....	....	....	....
ج	....	....	....	....
د	....	....	....	....
هـ	....	....	....	....

↰ والآن اقرأوا الأخبار مرة أخرى للإجابة على هذه الأسئلة:

١. ما هي أنجح الشركات المذكورة حسب ما جاء في هذه الأخبار؟ ولماذا؟

....

....

٢. ما هي أكثر العوامل تأثيرا في الحالة الاقتصادية للشركات المذكورة؟ ولماذا؟

....

....

....

....

٣. لو كان عندك أموال تريد استثمارها، أي شركة من الشركات المذكورة تختارها؟ ولماذا؟

....

....

....

....

....

٤. ما هي توقعاتك حول التطورات المستقبلية في قطاع السياحة أو التكنولوجيا؟ ولماذا؟

....

....

....

....

....

....

....

....

....

....

....

....

....

٥ تنمية المفردات

Vocabulary building: Grouping words together in clusters that are meaningful to you can help you remember and later retrieve new vocabulary.

١. أكملوا الخريطة الدلالية لأخبار المال والأعمال.

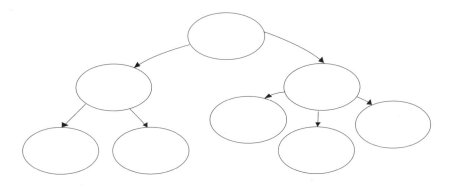

Using visuals: Cut out pictures from newspapers and label everything on them. Compile your picture file for media Arabic.

٢. اكتبوا كل الكلمات التي لها علاقة بالمال والأعمال والتي تخطر في أذهانكم عند مشاهدة هذه الصورة:

ABDALLA HASSAN

الكلمات:

Collocations: When learning vocabulary, it is useful to learn collocations or combination of words that often occur together.

٣. ضعوا كل فعل في المربع في خانة الاسم الذي يستخدم معه ثم أكملوا بها الجمل التالية:

ارتفع - انخفض - تراجع - شهد - أحرز - سجل

السعر	السوق	الأرباح
....	....	....
....	....	....

أ) .... سعر اليورو مقابل الدولار في النصف الأول من العام الحالي.

ب) .... أرباح شركات السيارات الأوروبية بسبب زيادة في سعر العملية.

ج) .... البورصة السعودية ارتفاعا لسعر النفط الخام.

د) .... شركت مايكروسوفت أرباحا كبيرة من مبيعات منتجاتها السنة الماضية.

هـ) .... مؤشر سوق دبى ارتفاعا بنسبة ٠,٢٨٪ بفضل ارتفاع قطاع الخدمات.

و) ....قيمة أسهم شركات السياحة بسبب الأوضاع غير المستقرة في المنطقة.

٤. وائموا بين الأفعال والأسماء ثم أكملوا بها الجمل التالية:

الأفعال	الأسماء
• اشترى	• المبلغ
• باع	• الرأسمال
• خصم	• ممتلكات
• استثمر	• الأسهم
• سحب	• الضريبة
• أودع	• الحصة

بعد أن ورث أحمد حمدي مليون دولار من عمه الذي كان يعيش في الولايات المتحدة،

أ) .... الورث من المبلغ وبدأ يصرف النقود الباقية.
ب) أولا .... في شركة موتورولا لأنها من أنجح الشركات هذه السنة.
ج) بعد ذلك .... عمه في أمريكا وكسب مزيدا من النقود.
د) ثم .... في تطوير السياحة في مصر لأنه يهتم ببلده.
هـ) وأخيرا .... المتبقي في البنك المصري الأمريكي في القاهرة.

٥. ضعوا حرف جر مناسبا في الفراغات التالية:

أ) الحرب الدائرة في لبنان قد أثرت بشدة ....الأوضاع الاقتصادية، وأدت .... هبوط حاد في الأسهم. وصرح رئيس هيئة سوق المال في لبنان وكالة رويترز للأنباء، .... أن البورصة فتحت أبوابها للتعامل

بشروط معينة وأشار .... أن هناك شروطا للأسعار بأن تتحرك بنسبة
٥٪ فقط صعودا أو هبوطا.

ب) اتفقت دول مجلس التعاون الخليجي وسنغافورة .... بدء محادثات
بشأن اتفاقية للتجارة الحرة. وقالت وزارة التجارة والصناعة السنغافورية
إن الاتفاق سيسهم .... عملية التكامل الاقتصادي بين بلاده والدول
الأعضاء في مجلس التعاون، وهي السعودية والكويت وقطر والبحرين
وسلطنة عمان والإمارات العربية المتحدة. وجاء الإعلان .... محادثات
التجارة الحرة أثناء الزيارة الحالية يقوم ....ـها الوزير السنغافوري
.... للسعودية.

ج) انخفضت أرباح شركة فولكسفاجن أكبر شركة لصناعة السيارات في
أوروبا .... أكثر من النصف بعد تأثر أدائها .... قوة اليورو
وتراجع الطلب .... منتجاتها.وقالت الشركة الألمانية إن ....
انخفضت .... نسبة ٥٥ .... المئة. و .... أي حال كانت
هناك مؤشرات .... وجود عوامل ستؤدي .... انخفاض أرباح
فولكسفاكن. و .... الإضافة .... ذلك فان فولكسفاجن عرضة
للتأثر .... تغير سعر العملة أكثر من الشركات المنافسة إذ إن ٤٠ في
المئة فقط من معاملاتها باليورو يتوازن مع أساليب الاستثمار.

٦. أكملوا نصوص الأخبار التالية بالكلمات المناسبة:

أ) زادت .... شركة ياهو العاملة في مجال الانترنت أكثر من الضعف
بفضل استراتيجيتها الخاصة بكسب المزيد من .... عن طريق
تقديم خدمات مقابل أجر. و .... الشركة أرباحا في الفترة بين
يوليو/ تموز وسبتمبر أيلول .... ٦٥,٣ مليون دولار وهو ما يزيد
عن .... المحللين وأيضا الأرباح التي حققتها الشركة في نفس
الفترة من العام الماضي. وأرجعت الشركة نجاحها الى قوة ....
الإعلان وأعمال الخدمات التجارية الممتازة. وبلغت .... الإعلان

على الانترنت ٢٤٥ مليون دولار بزيادة ٤٨ في المئة عن نفس الفترة من العام الماضي.

ب) من المتوقع أن تقوم الشركات الأربعون الكبرى في .... الأسهم الفرنسية بتوزيع أرباح على .... تبلغ ٣٠ مليار يورو عن عام ٢٠٠٥. وتتضمن هذه الأرباح زيادة نسبتـها ٣٠٪ .... مع السنة الماضية. وأوضح تقرير صادر عن مؤسسة "في بي فينانس" أن .... الأجانب يمتلكون حوالي ٤٠٪ من .... السوق الباريسية.

ج) شهدت سوق دبي تراجعا يوم أمس حيث انخفض ....ها إلى أدنى .... في عامين وسط إقبال المستثمرين على .... أسهم في كبرى شركات الخليج بعد هبوط البورصة السعودية أمس الأول. و............ مؤشر سوق دبي بنسبة ٣,٦٪ أمس إلى ٣٨٨,٣١ نقطة مسجلا .... مستويات إغلاقه منذ ١١ ديسمبر/كانون الأول ٢٠٠٤.

٧. اختاروا العبارة المناسبة في المربع وأكملوا بها الجمل التالية:

بمقدار – بقيمة – بسعر – بنسبة

أ) انخفضت مؤشرات كافة القطاعات دون استثناء، وكان أكثر القطاعات هبوطا قطاع الزراعة الذي انخفض .... تقارب ١٠٪.

ب) شهد متوسط مؤشر داو عند الاغلاق تراجعا .... ٢١٣,٣٢ نقطة، أو ما نسبته ١,٩٦ بالمئة.

ج) تطرح بورصة دبي أسهما .... ٤٣٥ مليون دولار في اكتتاب عام وخاص الأحد المقبل لتكون بذلك أول سوق مالي عربي تبيع أسهمها بعدما شهدت بورصات المنطقة أسوأ عام منذ ٢٠٠١.

د) تريد سوق دبي المالية بيع السهم .... ١,٠٣ درهم، وهو ما يجعلها من أرخص تقييمات البورصات في العالم.

هـ) أغلقت بورصة وول ستريت أمس لتسجل جميع الشركات فيها نتائج سلبية فيما عدا شركة مطاعم ماكدونالدز التي ارتفعت أسعار أسهمها .... ١,٩ بالمئة.

٨. تخيلوا أنكم تعملون في صحيفة تميل إلى الإثـارة. اختاروا من المربع الكلمات التي ستستخدمونها وأنتم تكتبون أخبارا اقتصادية ثم اكتبوا مثالا للخبر الاقتصادي المثير.

انخفض - هبط - ارتفع - قفز - قليل - ضئيل - كبير - ضخم - بسيط - فقير

٩. اكتبوا نصا للخبر المناسب لكل صورة مستخدمين المفردات والعبارات في المربع.

توظيف الأموال - مراقبة الاستثمارات - زاد الاهتمام بالتعامل بالأسهم - شهدت البورصة - التأثير على السوق

النص:

ABDALLA HASSAN

ارتفاع الأسعار – أدى إلى – تحقيق الأرباح – أصيب بالأضرار
– واجه الخسائر الكبيرة – تشير التوقعات إلى – بلغ متوسط السعر
– مؤشر البورصة

ABDALLA HASSAN

النص:

٦ القراءة السريعة

Skimming: Skimming is a skill we use to find the main idea in the text and preview the way it is organized without reading every word. Practice skimming news articles. Time yourself. About one minute for each one of the following news stories should be enough for you to get the main idea.

وبلغت **أرباح شركة موتورولا** في الربع الأول من العام ٦٠٩ مليون دولار مقارنة مع ١٦٩ مليون دولار في نفس الفترة من العام السابق. وبلغت **قيمة مبيعات الشركة** ٨,٦ مليار دولار بينما **ارتفعت قيمة ايرادات** الشركة من الهواتف المحمولة بنسبة ٦٧ في المئة. وفي المقابل قالت **شركة نوكيا** الأسبوع الماضي إن **أرباحها** في الربع الأول **انخفضت** بنسبة ١٦ في المئة بسبب ضعف مبيعاتها. وما يثير قلق المستثمرين بشكل أكبر أيضا أن نوكيا تتوقع أن تقل مكاسب كل سهم عن المتوقع هذا العام.

اقرأوا هذه الأخبار قراءة سريعة ثم ضعوا عنوانا لكل منها يعبر عن الفكرة الرئيسية فيها:

الأخبار

أ) ....

استقر الدولار قرب أدنى مستوى له في ٢٠ شهرا مقابل اليورو في بداية التعاملات الآسيوية يوم الثلاثاء مع استمرار ركود أسعار الفائدة في الولايات المتحدة وارتفاع العوائد على العملة في منطقة اليورو. وسجل اليورو مستوى قياسيا مرتفعا آخر مقابل الين إذ لاقى دعما من اجتماع وزراء مالية منطقة اليورو في بروكسل الذي أشار إلى أنهم ليسوا قلقين من صعود العملة الأوروبية الموحدة.

ب) ....

كشفت شركة الكومبيوتر العملاقة "ديل" أنها تخطت التوقعات وقالت إن حجم أرباحها للأشهر الثلاثة الماضية بلغ ٦٧٧ مليون دولار أمريكي أي بمعدل نسبة

٣٠٪ للسهم الواحد بينما كان الخبراء قد توقعوا أن تحقق الشركة أرباحا بنسبة ٢٤٪ للسهم. وقد حققت الشركة عائدات بقيمة ١٤,٣٨ مليار دولار للربع الثالث من العام، عازية ذلك لتحسن خدمة الزبائن وارتفاع نسبة المبيعات إضافة إلى النمو الكبير الذي حققته أسواق أوروبا وآسيا.

ج) ....

أعلن وزير البترول السعودي أن منظمة الدول المصدرة للنفط (أوبك) قد تخفض الإنتاج مرة ثانية حين تجتمع في ديسمبر/كانون الأول بنيجيريا، إذا فشل تخفيض الإمدادات الأخير في تحقيق توازن في السوق. وكانت أوبك قررت في الدوحة الشهر الماضي خفض الإنتاج بمقدار ١,٢ مليون برميل يوميا، وقال بعض الوزراء في الدول الأعضاء في أوبك إن المنظمة ربما تحتاج لخفض ثان للإنتاج حين تجتمع في نيجيريا في ١٤ ديسمبر/كانون الأول. وارتفعت أسعار النفط مقتربة من ٦٠ دولارا للبرميل أمس مدعومة بتعطل في الإمدادات بنيجيريا وانخفاض لسعر الدولار.

د) ....

أقبل هواة الألعاب الإليكترونية في أميريكا الشمالية بتلهف على شراء النسخة الجديدة من لعبة بلاي ستيشن ٣ التي تنتجها شركة سوني اليابانية. وقد اصطف المشترون بمن فيهم مرضى في طوابير لساعات وأحيانا لبضعة أيام للحصول على لعبتهم التي كانوا ينتظرونها بفارغ الصبر. وبعد عرض اللعبة للبيع في السوق في اليابان الأسبوع الماضي بيع منها في أمريكا الشمالية أكثر من ٤٠٠ آلاف وحدة. وقد بقيت الكثير من متاجر بيع هذه الألعاب مفتوحة أمام المشترين حتى وقت متأخر لتلبية طلب المستهلكين على هذه اللعبة التي يكلف شراؤها بين ٤٩٩ دولارا و ٥٩٩ دولارا اعتمادا على نوع الوحدة.

هـ) ....

تطرح بورصة دبي أسهما بقيمة ٤٣٥ مليون دولار في اكتتاب عام وخاص الأحد المقبل لتكون بذلك أول سوق مالي عربي تبيع أسهمها بعدما شهدت بورصات المنطقة أسوأ عام منذ ٢٠٠١. وتعتزم حكومة دبي بيع حصة نسبتها ٢٠٪ بالبورصة تعادل ١,٦ مليار من أسهم سوق دبي المالي. وتبلغ قيمة السوق وفقا للتقديرات

ثمانية مليارات درهم (٢,١٨ مليار دولار) وستخصص ٢٠٠ مليون سهم في الطرح لمواطني الإمارات ويباع ٧٢٠ مليون سهم في اكتتاب خاص لموظفي الحكومة وشركات السمسرة والشركات المدرجة في البورصة.

Talking about it: Telling someone about what you read in your own words is a useful strategy that helps you remember new concepts and absorb new vocabulary.

↵ والآن اختاروا أكثر هذه الأخبار إثارة لاهتمامكم ثم اقرأوه قراءة دقيقة وقدموه لزملائكم في الصف – يمكن أن تكتبوا أدناه النقاط الرئيسية للتقديم:

....

....

....

....

....

....

....

....

....

....

....

....

....

....

....

....

٧ القراءة الناقدة

Reading critically: When you read, you should be able to evaluate the texts as well as their sources. What are facts and what are opinions in the news you are reading? What is objective reporting? How do you detect bias? One of the activities that can help you develop critical reading is to compare one story in two or more news sources.

الخبران التاليان يتناولان نفس الحدث ولكنهما من مصدرين مختلفين. قارنوا بينهما وأجيبوا على الأسئلة أدناه:

أ) الأسعار نار والغلابة يدفعون الثمن

مأساة المواطنين البسطاء مع ارتفاع أسعار السلع الغذائية أصبحت حديث الناس في كل مكان في المواصلات العامة والمكاتب وعلى المقاهي وكلها واحدة: جاءت الزيادة الأخيرة في أسعار الأرز لتزيد من هذه المأساة وتجعلها أزمة يومية يعيشها ملايين المصريين المطحونين الذين يعتبرون الأرز إحدى أهم الوجبات الرئيسية التي يتناولونها كبارا وصغارا فمن المسئول عن هذا الارتفاع؟

ب) تأثير تحريك الأسعار على المواطنين محدود

لم يؤثر تحريك أسعار بعض السلع إلا على عدد محدود من المحتاجين وتستعد الحكومة لاتخاذ الإجراءات اللازمة لحماية المستهلك من خلال فتح قنوات الاتصال مع المؤسسات التشريعية والجهات الرقابية وجمعيات حماية المستهلك وذلك للعمل على تحقيق التعاون البناء في هذا المجال.

١. ما هي الاختلافات بين الخبرين؟ وماذا يمكن أن تكون الأسباب وراءها؟

....

....

....

٢. ماذا نستطيع أن نستنتج عن كل من الجريدتين اللتين نشرتا الخبرين؟

....

....

....

....

قارنوا بين الخبرين التاليين وأجيبوا على الأسئلة التالي:

أ) خسائر عراقية تتضاعف

قال الناطق باسم وزارة النفط العراقية إن العراق فقد في السنوات الثلاث الماضية عائدات نفطية محتملة بقيمة ٢٤,٧ مليار دولار لأن العنف وعدم الاستقرار السياسي دمرا عمليات قائمة ومنعا الشروع في مشروعات جديدة. وألحقت سنوات من عقوبات الأمم المتحدة والعنف المتفشي حاليا منذ الغزو الذي قادته الولايات المتحدة في مارس/آذار ٢٠٠٣ تدهورا خطيرا بقطاع النفط العراقي الذي أصبح بحاجة لاستثمارات بمليارات الدولارات. وأوضح التقرير أن العراق نجح في استغلال ١٨ حقلا نفطيا فقط من أصل ٨٠، ويقتصر الإنتاج الفعلي على ١٦٠٠ بئر من بين ٢٣٠٠.

ب) العراق يصادق على قانون لتشجيع الاستثمار

صادق مجلس الرئاسة العراقي الجمعة على قانون الاستثمار، والذي يهدف إلى تشجيع الاستثمارات ونقل التقنيات الحديثة، بهدف الإسهام في تنمية البلاد، وتوسيع قاعدته الإنتاجية والخدمية. ويهدف القانون إلى توفير الظروف لإقامة مشروعات جديدة في البلاد بعد سنوات طويلة من التقاعس وسوء الإدارة تحت حكم صدام حسين. كما يهدف القانون إلى إحداث إنتعاش في قطاع النفط. فقد تمكن العراق بعد التحرير من تشغيل حوالي ربع من حقوله النفطية ويشمل الإنتاج أكثر من نصف من آباره. ومن المتوقع أن يؤدي القانون الجديد الذي أشرفت الحكومة الأمريكية على إعداده إلى مضاعفة إنتاجه وصادراته بحلول عام ٢٠١٠.

١. علام يدل الفرق في العنوانين؟

....

....

....

٢. ما هو الفرق في اختيار المعلومات وترتيبها في كل من الخبرين؟

....

....

....

٣. علام تدل الاختلافات في اختيار المعلومات وترتيبها؟

....

....

....

٤. ماذا نستطيع أن نستنتج عن الجريدتين اللتين نشرتا الخبرين؟

....

....

....

٥. ما هي الجريدة (أ أم ب) التي تفضل شراءها يوميا ولماذا؟

....

....

....

ابحثوا عن خبر عن المال والأعمال في مصدرين مختلفين على الانترنيت (مثلا: aljazeera.net و cnn/arabic.net) أو في جريدتين مختلفتين (مثلا الأهرام والوفد) وقارنوا بينهما.

....
....
....
....
....
....
....
....
....
....
....
....
....
....
....
....
....
....
....
....
....

مراجعة الوحدتين الخامسة والسادسة

❶ أخبار القضاء والمحاكمات

١. أكملوا هذه الأخبار بالمفردات والعبارات المناسبة:

أ) تأجلت في طرابلس .... الممرضات البلغاريات الخمس والطبيب الفلسطيني، .... بالتسبب عمدا في إصابة أكثر من ٤٠٠ طفل بفيروس الإيدز. ورفضت .... مرة أخرى طلب الدفاع .... عن المتهمين بكفالة. وحضر كل .... الجلسة، في ظل إجراءات أمنية مشددة.

ب) ويواجه .... في جوانتانامو الذين .... في انتمائهم لحركة طالبان وشبكة القاعدة والذين يصل عددهم إلى أكثر من ٦٠٠ شخص احتمال محاكمتهم أمام .... عسكرية أمريكية. لكن رؤساء المؤسسات القانونية التي تمثل .... من عشر دول من بينها المملكة المتحدة وفرنسا وكندا، دعوا لمحاكمة المحتجزين أمام محاكم مدنية. وتقول أمريكا إنها لا تستطيع أن تتعامل معهم باعتبارهم .... عاديين لدورهم المزعوم في هجمات ١١ سبتمبر أيلول.

ج) تتهم الحكومة الروسية مؤسس أكبر شركة نفط في روسيا، .... الضريبي والاحتيال، وهي تهم ينظر إليها كثيرون باعتبارها سياسية بهدف الزج به في .... فترة طويلة. وكان مقرراً أن يصدر.......... الأربعاء، غير أن القضية .... حتى السادس عشر من مايو المقبل. وكانت القضية قد بدأت عندما .... خودوركوفسكي، البالغ من العمر ٤١

عاماً، في مطار سيبيريا في أكتوبر/تشرين الأول عام ٢٠٠٣، و.............. إليه تهمة التهرب الضريبي.

د) تبدأ الاثنين محاكمة المغني الأمريكي المشهور في تهم .... الجنسي بأطفال. وقد انتهت عملية اختيار هيئة ....، وستبدأ المحاكمة بمدينة سانت ماريا بولاية كاليفورنيا، في الرابعة والنصف مساء. وإذا ما .... التهم عليه فإنه قد يتعرض لـ .... السجن لمدة تصل إلى ٢١ عاما.

هـ) أرجئت لمدة ثلاثة أشهر محاكمة زكريا موسوي، الشخص الوحيد الذي وجهت إليه ....فيما يتعلق بهجمات ١١ سبتمبر. وحكم .... فيدرالي في واشنطن ببدء محاكمة موسوي في أوائل يناير. وتردد أن سبب إرجاء المحاكمة هو تعقيد وكثرة .... ضد موسوي المتهم بالتخطيط لتنفيذ أعمال إرهابية. ونفى موسوي .... في هجمات ١١ سبتمبر، لكنه .... بانتمائه لشبكة القاعدة.

و) طالب محامو أربعة شبان مسلمين .... موكليهم الذين يحاكمون في الدانمارك بتهمة مساعدة معتقلين اثنين في البوسنة ضالعين في التخطيط لتنفيذ عمليات تفجير في إحدى دول البلقان. وكان ....العـام الدانماركي قد اتهم في أغسطس الماضي الشبان الأربعة بتقديم دعم للمتهمين الرئيسيين اللذين تم اعتقالهما العام الماضي في سراييفو وبـ..............هما أسلحة ومتفجرات. ووجه الإدعاء العام الدانماركي تهمة .... على تنفيذ أعمال إرهابية إلى الموقوفين الأربعة. وقال الادعاء إنه سيقدم دليل .... يتمثل في تسجيلات لمكالمات هاتفية عبر شبكة الإنترنت تؤكد علاقة المتهمين الأربعة بالمتهمين اللذين تم اعتقالهما في البوسنة.

٢. اقرأوا الخبر التالي ثم أجيبوا على الأسئلة:

محاكمة ناشري كتاب للمفكر نعوم شومسكي في تركيا

مثل مالك دار نشر ومترجم وناشران أمس الثلاثاء أمام محكمة في إسطنبول بتهمة التحريض على الكراهية لنشرهم الترجمة التركية لكتاب للمفكر الأميركي نعوم شومسكي. ويواجه المتهمون الأربعة عقوبة السجن ستة أعوام بتهمة "تحقير الهوية التركية" عبر دورهم في نشر الترجمة التركية لكتاب "صناعة الرأي العام: السياسة الاقتصادية لوسائل الإعلام الأميركية" في مارس/ آذار.

ويحلل الكتاب الذي وضعه نعوم شومسكي وإدوارد هيرمان عبر أمثلة من دول عدة التأثير على الأفراد ووسائل الإعلام مشيرا إلى طريقة التعامل مع الأقلية الكردية في تركيا خلال التسعينات، في ذروة النزاع بين الانفصاليين الأكراد وقوات الأمن التركية. ونفى كل من فاتح تاس مالك دار نشر "أرام" والناشران عمر فاروق كرهان وتايلان توسون والمترجم أندر أبادوغلو الاتهامات الموجهة إليهم فأجل القاضي المحاكمة لإفساح المجال أمام المتهمين لإعداد دفاعهم.

وتندرج هذه المحاكمة في إطار سلسلة من الملاحقات بحق مفكرين، بينهم الحائز على جائزة نوبل للآداب لعام ٢٠٠٦ أورهان باموك، بسبب تعبيرهم عن آرائهم حول مسائل حساسة في تركيا مثل القضية الكردية وإبادة الأرمن في ظل السلطنة العثمانية.

أ)   ما هي التهم التي وجهت إلى مالك دار النشر والمترجم ولماذا؟

....

....

....

....

....

ب) ماذا سيحدث في حالة إثبات التهمة؟

....

....

....

....

....

هـ) ما هي الحجج التي يمكن أن يستخدمها الدفاع في هذه القضية؟

....

....

....

....

....

٣. اكتبوا نصا لخبر ينشر مع هذه الصورة:

JOSHUA STACHER

....

....

....

....

....

....

....

....

....

....

٤. للتقديم في الصف: اقـرأوا خبرا من اختياركم عن القضاء والمحاكمات
في موقعين أو أكثر على الإنترنيت وقارنوا بينهما. يمكنكم وضع الأفكار
الرئيسية أدناه:

....

....

....

....

....

....

....

....

....

....

❷ أخبار المال والأعمال

١. أكملوا هذه الأخبار بالمفردات والعبارات المناسبة:

أ)   انخفضت بشدة .... الأسهم في بورصة لندن في أسوأ .... في يوم واحد منذ الصيف الماضي. وبدأ المستثمرون في .... الأسهم بسرعة إذ أنه من المتوقع أن تستمر حالة من عدم .... فترة من الزمن بسبب الحرب على الإرهاب.

ب) بلغت .... شركة موتورولا في الربع الأول من العام ٦٠٩ مليون دولار. وبلغت قيمة .... الشركة ٨,٦ مليار دولار بينما ارتفعت قيمة .... الشركة من الهواتف المحمولة بنسبة ٦٧ في المئة. وفي المقابل قالت شركة نوكيا الاسبوع الماضي إن أرباحها في الربع الأول .... بنسبة ١٦ في المئة بسبب ضعف مبيعاتها.

ج) فتحت بورصة لبنان أبوابها الثلاثاء، بعد إغلاق دام أسبوعين بسبب القتال الدائر في البلاد. وكانت الحرب الدائرة في لبنان قد أدت الى .... حاد في الأسهم. وقال رئيس هيئة سوق .... في لبنان إن البورصة فتحت أبوابها للـ............ بشروط معينة ومن هذه الشروط السماح للأسعار بأن تتحرك بنسبة ٥% فقط ....ا أو ....ا.

د) إنخفضت .... مايكروسوفت بنسبة ٣٨٪ لتصل إلى ١,٣٢ مليار دولار للربع الثالث من السنة .... الذي ينتهي في الحادي والثلاثين من شهر مارس/آذار مقارنة بنفس الفترة من العام الماضي. وقد .... التسويات القضائية الشركة مبلغ ٢,٥ مليار دولار من أرباح ما قبل الضريبة. ولكن .... ارتفعت بنسبة ١٧٪. ويرى .... في القطاع التقني أن الصورة الكلية إيجابية.

٢. اقرأوا الخبر ثم أجيبوا على الأسئلة التالية:

البورصة المغربية حققت أرباحا تاريخية

احتلت البورصة المغربية صدارة البورصات العربية والمتوسطية بتحقيق أرباح تاريخية تجاوزت ٧٠ بالمئة في مؤشر "مازي" للأوراق المالية الذي بلغ ٩٥٠٠ نقطة. ويعتبر هذا الأداء الأفضل في بورصة الدار البيضاء إذ تجاوزت القيمة السوقية للأسهم المدرجة ٤١٦ بليون درهم (٥٠ بليون دولار) أي أربع مرات قيمتها قبل سنتين. وتباينت أرباح الشركات المغربية حسب القطاع والنشاط وسجلت أهم الأرباح في قطاعات الاتصالات والعقار والبناء والمصارف والسياحة والتجارة والخدمات والصناعة والتسويق. وقادت هذه الأرباح مجموعة "أونا" الصناعية وشركة اتصالات المغرب التي ضاعفت أرباحها مرتين وشركة العقار التي تقوم بمشاريع سكنية وعمرانية تزيد قيمتها على ٣٠ بليون دولار.

واستفادت البورصة من دخول شركات كبيرة جديدة مثل الضحى للعقار التي قدرت أرباح أسهمها بنحو ٦٠٠ في المئة وكسب المتعاملون المحليون والأجانب عائدات على استثماراتهم نحو المئة في المئة.

وأعلنت ٢٠ شركة مغربية عزمها للدخول إلى البورصة العام القادم للاستفادة من تنامي الطلب على الأسهم وحاجة هذه الشركات إلى تمويل برامجها الاستثمارية المختلفة والاستفادة من الإعفاءات التي تمنحها القوانين الجديدة للشركات التي تطرح جزءا من رأسمالها للاكتتاب العام.

أ)   ما هو المؤشر الأساسي على حالة البورصة المغربية؟ وعلام يدل؟

....

....

....

....

....

....

....

ب) بم تنصحون المستثمر الذي يريد أن يستثمر أمواله في البورصة المغربية؟ ولماذا؟

....

....

....

....

....

هـ) لماذا تهتم الشركات المغربية بدخول البورصة في الوقت الحالي؟

....

....

....

....

....

٣. اكتبوا نصا لخبر ينشر مع هذه الصورة:

CAIRO AND ALEXANDRIA STOCK EXCHANGES

٤. للتقديم في الصف: اقرأوا خبرا من اختياركم عن المال والأعمال في موقعين على الإنترنيت وقارنوا بينهما. يمكنكم وضع الأفكار الرئيسية أدناه:

Glossary
مفردات وعبارات

أخــبـــار الــلــقـــاءات والــمــؤتمـــرات

Meetings

جلسة (ج) ات	session
لقاء (ج) ات	meeting
اجتماع (ج) ات	meeting
مؤتمر (ج) ات	conference
قمة (ج) قمم	summit
اجتماع دوري	regular meeting
اجتماع طارئ	emergency meeting

Participants

رئيس (ج) رؤساء	president
زعيم (ج) زعماء	leader
قائد (ج) قادة	leader
طرف (ج) أطراف	party, side
جانب (ج) جوانب	party, side
مفاوض (ج) ون	negotiator
وفد (ج) وفود	delegation
عضو (ج) أعضاء	member

Verbs related to meetings

دعا، يدعو، دعوة إلى	to call for
وجّه II الدعوة إلى	to invite
عقد، يعقِد، عقد (اجتماعا أو مؤتمرا الخ)	to hold

عُقِد، يُعْقَد	to be held
انعقد VII (اجتماع أو مؤتمر الخ)	to be held
استضاف X	to host
افتتح VIII	to inaugurate
اختتم VIII	to close, end
شارك في III	to participate
حضر، يحضر، حضور	to attend

Documents

جدول أعمال	agenda
اتفاقية	agreement
ميثاق	charter
بيان	statement
بيان ختامي	final statement
إعلان	declaration

Talks

محادثات	talks
مباحثات	talks
مفاوضات	negotiations
أجرى IV محادثات أو مباحثات أو مفاوضات	to hold talks (negotiations)
جرى، يجري	to take place
جرت أو دارت المحادثات أو المباحثات أو المفاوضات	the talks (negotiations) took place
أُجريت المحادثات أو المفاوضات	the talks (negotiations) were held

What the talks are about

دار، يدور	to take place

دارت المحادثات حول	the talks were about
تناول VI	to deal with
تناولت المحادثات	the talks dealt with
تطرق إلى V	to touch upon
موضوع (ج) ات / مواضيع	topic, issue
مسألة (ج) مسائل	issue
مسائل ذات اهتمام مشترك	issues of common interest
مشكلة (ج) مشاكل	problem
قضية (ج) قضايا	cause, issue
قضايا راهنة	current issues
قضايا محورية	critical issues
طريقة (ج) طرق	means, ways
سبيل (ج) سبل	means, ways
طرق أو سبل تعزيز العلاقات الثنائية	means of strengthening bilateral relations
سبل تطوير التعاون الاقتصادي بين البلدين	means of promoting bilateral economic cooperation

What the participants do

ناقش III	to discuss
بحَث، يبحَث، بحث	to discuss
تبادل VI	to exchange
تبادل الآراء أو وجهات النظر	to exchange opinions / views
استعرض X	to discuss in general
اتفق على VIII	to agree upon
توصل إلى V	to reach
اختلف في VIII	to disagree about
وقع (على) II	to sign

Talking and doing

to point out	أشار إلى IV
to stress	أكد على II
to stress	شدد على II
to declare	صرح ب II
to call for, invite	دعا، يدعو، دعوة إلى
to demand	طالب ب III
to emphasize	ركز على II
to focus on	تركز على V
to praise	أشاد ب IV
to encourage	حثّ، يحُثّ، حثّ على
to criticize	انتقد VIII
to denounce	استنكر X
to express	أعرب عن IV
to express	عبرّ عن II

أخبار المظاهرات والإضرابات

Forums

demonstration	مظاهرة (ج) ات
rally	مسيرة (ج) ات
gathering	احتشاد
gathering	تَجمُّع (ج) ات
strike	إضراب
general strike	إضراب عام

Verbs of demonstrations

to erupt	اندلع VII
to be organized	نُظّم II
to take place	قام، يقوم

Participants

متظاهر (ج). ون	demonstrator
محتجّ (ج) ون	protestor

What demonstrators do

نظم II	to organize
احتشد VIII	to gather
تجمّع V	to gather
انضمّ VII إلى	to join
احتجّ VIII على	to protest
طالب III بـ	to demand
دعا، يدعو، دعوة إلى	to call for
ندد II بـ	to condemn
أيد II	to support
ناوأ III	to oppose
رفع لافتات	to hold signs
ردد هتافات	to shout slogans

Opposing

ضد	against
معارض لـ	opposing
مناهض لـ	against; anti-
مناوئ لـ	against; anti-
معادٍ لـ	against; anti-

Acts of violence

أعمال العنف	acts of violence
أعمال الشغب والتخريب	acts of riots and sabotage
أحرق IV	to burn

أشعل IV النار في	to set on fire
كسر II	to break, smash
دمر II	to destroy

What police do in demonstrations

فرق II المتظاهرين	to disperse
استخدم العصي	to use batons
استخدم الغاز المسيل للدموع	to use tear gas

أخـــبــــار الانـــتـــخــــابـــات

Participants

مرشح (ج) ون	candidate
منافس (ج) ون	competitor, competing candidate
خصم (ج) خصوم	rival, opponents
ناخب (ج) ون	voter
مراقب (ج) ون	observer

Places

لجنة (ج) لجان	committee, commission
لجنة انتخابية	polling station
صندوق (ج) صناديق	ballot
صناديق الاقتراع	ballot boxes

Campaign

حملة (ج) حملات انتخابية	campaign
خاض، يخوض، خوض	to run for office
معركة (ج) معارك انتخابية	election campaigns
مناظرة (ج) ات	debate
استطلاع الرأي	opinion poll
إحصائية (ج) ات	statistics

Elections and actions

صوت II	to vote
أدلى بصوته	to cast a ballot, vote
اقترع VIII	to cast a ballot, vote
انتخب VIII	to elect, vote

Candidates

رشح نفسه	to nominate oneself
نافس III	to compete

Excesses

زور II	to rig (elections)
زيف II	to rig (elections)
انتخابات مزورة	rigged elections
انتخابات نزيهة	honest elections
رشوة (ج) رشاوى	bribe
انتهك VIII	to violate
انتهاك (ج) ات	violations
خالف III	to break (the law)
مخالفة (ج) ات	breaking (the law), violations
بلطجة (ج) أعمال بلطجة	bulling, acts of

Results

فرز الأصوات	tallying or counting votes
نتيجة (ج) نتائج	results
فاز، يفوز، فوز	to win
اكتسح VIII	to win with a landslide
تغلب VIII على	to win over
خسر، يخسر، خسارة	to lose
هزم، يهزم، هزيمة	to beat

أخبار الصراعات والإرهاب

Perpetrators

fighter	مقاتل (ج) ون
resistance fighter	رجل (ج) رجال المقاومة
commando, fedayeen	فدائي (ج) ون
suicide bomber	استشهادي (ج) ون
terrorist	إرهابي (ج) ون
militant	مسلح (ج) ون
insurgent	متمرد (ج) ون
activist	ناشط (ج) ون (نشطاء)
soldier	جندي (ج) جنود
private	عسكري (ج) عساكر

Acts of violence

to blow up	فجر II
to carry out	نفذ II (العملية الانتحارية)
to open fire	أطلق النار على
to attack	هجم، يهجم، هجوم
an attack	هجمة (ج) ات
to assault	اعتدى VIII على
to launch an attack	شنّ، يشنّ، شنّ الهجوم
to destroy	دمر II
to cause material damage	ألحق أضرارا ب
killing	مقتل = مصرع
massacre	مجزرة (ج) مجازر
to assassinate	اغتال VIII

Military operations

operation	عملية (ج) ات

اشتباك (ج) ات	skirmish
مواجهة (ج) ات	confrontation
مصادمة (ج) ات	clash
معركة (ج) معارك	battle, fight
قصف	bombardment
غارة (ج) ات	raid
حرب (ج) حروب	war
حرب أهلية	civil war
احتل VIII	to occupy

Weapons

مسدس (ج) ات	pistol, handgun
بندقية (ج) بنادق	rifle
قنبلة (ج) قنابل	bomb
قنبلة موقوتة	timed bomb
عبوة ناسفة	explosive device
سيارة مفخخة	rigged vehicle (with explosives)
صاروخ (ج) صواريخ	missile, rocket
لغم (ج) ألغام	mine

Victims

ضحية (ج) ضحايا	victim
قتيل (ج) قتلى	dead person
لقي مصرعه	to die
لقي حتفه	to die
جثة (ج) جثث	corpse
جريح (ج) جرحى	wounded
مصاب (ج) ون	injured
أصيب بجراح	(he) was injured

أخبار القضاء والمحاكمات

Courts

court (of law)	محكمة (ج) محاكم
civil court	محكمة مدنية
military court	محكمة عسكرية
criminal court	محكمة جنائية
trial	محاكمة
judicial action	عملية قضائية

People in court and what they do

lawyer	محامٍ (ج) ون
to defend	دافع III عن
judge	قاضٍ (ج) قضاة
to rule	حكم، يحكُم، حُكّم
to issue a verdict	أصدر الحكم
to condemn	أدان IV
to acquit	برأ II
to release	أفرج IV عن
public prosecutor, district attorney	مدعٍ عام = وكيل نيابة
to accuse	اتهم VIII بـ
to indict	وجه التهمة
accused, charged person	متهم (ج) ون
to stand trial	مثل أمام المحكمة
to testify	أدلى بأقواله
to deny	أنكر IV
to confess, admit	اعترف VIII بـ
witness	شاهد (ج) شهود
to testify	أدلى بشهادته

Crimes

جريمة (ج) جرائم	crime
مخالفة	misdemeanor
خرق القانون	to break the law
انتهاك	violation
جناية	crime, felony
ارتكب أو اقترف الجريمة	to commit a crime
قتل عمدا	premeditated murder
سرقة	theft
تحرش	harassment
ابتزاز	blackmail
احتيال	scam
تهرب ضريبي	tax evasion

Punishment

سجن	prison, jail
حبس	imprisonment
حبس انفرادي	solitary confinement
غرامة	a fine
سجن مدى الحياة	life sentence
إعدام	death penalty, execution

Sentences

حكم (ج) أحكام	a sentence
حكم، يحكم، حكم على (شخص) بـ	to sentence (someone)
أصدر الحكم	to issue a verdict
الحكم بالإدانة	to convict
الحكم بالبراءة	to acquit

Police

شرطة	police
رجل (ج) رجال الشرطة	policeman
ألقى القبض على	to arrest
احتجز VIII	to hold, detain
اعتقل VIII	to detain, arrest
قدم الأدلة	to present evidence
أوقف IV	to arrest
حقق II	to investigate, interrogate

Words related to money

كفالة	bail
غرامة	a fine
اختلاس	embezzlement

أخــبــار المـــال والأعـــمـــال

Stock markets

بورصة (ج) ات	stock market
سوق الأوراق المالية	stock market
مؤشر (ج) ات	index
سهم (ج) أسهم	share
صرف	exchange
متداول	dealer
مستثمر	investor
مشترٍ	buyer

Price and value

سعر (ج) أسعار	price
قيمة (ج) قيم	value

ارتفع VIII	rise
تنامى VI	rise gradually
قفز، يقفز، قفز	jump
انخفض VII	decrease
تراجع VI	decrease, retreat
هبط، يهبط، هبوط	go lower
استقر X	become stable

Actions

ربح، يربح، ربح	to gain
حقق II أرباحا	to gain
خسر، يخسر، خسارة	to lose
تداول VI	to trade
استثمر X	to invest
اكتتب VIII	to buy shares
استورد X	to import
صدّر II	to export
سحب، يسحب، سحب	to withdraw